純情オメガは
恋から逃げたい

CROSS NOVELS

高峰あいす

NOVEL:Aisu Takamine

kivvi

ILLUST:kivvi

CROSS NOVELS

CONTENTS

CROSS NOVELS

CONTENTS

純情オメガは恋から逃げたい

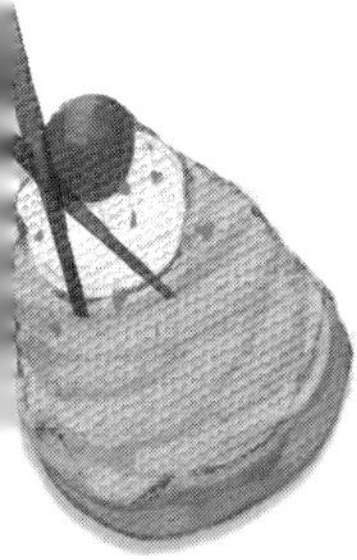

高峰あいす

Presented by
Aisu Takamine

Illust kivvi

CROSS NOVELS

「ええと、ここでいいんだよな」

書類に書かれた住所と、目の前のビルとを確認して澪《みお》はため息をついた。

目的地は、上層階にある外資系ホテル。勿論、澪の経済力では泊まることなど考えられない。

――税金じゃなくて、アルファからの資金援助だけでやってるんだから、やっぱりアルファってすごいんだな。

この世界には、持って生まれた男女の性とは別に三つの性が存在する。

人口の多数を占めるベータ。繁殖に特化したオメガ。

そして身体、頭脳が優れるアルファだ。中でも能力が非常に優秀で数も少ない者は『エリートアルファ』と呼ばれ、ある意味特権階級のような地位にある。

ほんの数十年前までは、オメガはアルファと番になる事が一般的とされていた。しかし現在では、『エリートアルファ』を除いては、ほぼ平等な社会生活を送っている。

ただしオメガ性を持って生まれた者は十八歳を迎えると、順次アルファとの『お見合い』が義務づけられていた。

これは二十年以上前に国際人権法の一つとして定められたものだ。

以前はオメガとアルファは自然に出会い、互いが合意すれば項《うなじ》を噛んで番《つがい》になるのが一般的だったらしい。

しかし現在では遺伝子診断で『運命の番』が分かるようになっており、フェロモンに頼らず最適な相手と番になれるのだ。

そんな便利な世の中になるまでには、様々な苦労があったのだと歴史の授業で学んでいる。合意なく項を噛まれたオメガが意に添わない相手と番にされたり、あるいはフェロモンでアルファを誘惑し財産目当てで番になった事件が起きたりと問題は多かった。

だが現在では、そんな酷《ひど》い事件は起こらない。

なぜなら出生直後の血液検査で第二の性が判別できるようになったからだ。そしてそれぞれの性に義務づけられた薬が、皮下注射で投与されるのである。

ベータはオメガのフェロモンに反応しない薬。

オメガは発情自体を抑える薬。

アルファにだけは薬の投与がないものの、オメガとの強引な番行為をした場合にはどれだけ社会的地位があろうとも、厳しい罰則が科せられるのだと幼少の頃から繰り返し教えられる。

これらの薬や教育によって、過去にあった酷い事件や事故は現在では皆無だ。

ただこの取り組みにより、弊害も出た。

オメガに発情が起こらないので、アルファがフェロモンを感知できなくなってしまったのである。

そこでオメガの人権を守りつつアルファとの番を成立させるために『お見合い』制度ができた。

ただし『お見合い』は義務ではあるけれど、番になる事を強制される訳ではない。

いくら相性が良くても、番になるかどうかの決定権はオメガにある。万が一にも無理矢理項を噛めば、アルファの人生はそこで終わる。

これも発情抑制剤があるからこそ、可能な事だ。

というのは半分建前で、殆どの場合『お見合い』をした相手と番となるのが現実だ。オメガは相性の良いアルファが傍にいれば、どうしたって本能的に惹かれてしまう。

『お見合い』はその本能を利用した制度だ。基本オメガの自主性は保障されているものの、アルファの圧倒的な社会的地位や経済力の影響もあって事実上は強制的に番となる。

――まあ、抜け穴もあるから。俺は逃げるけどさ。

あらかじめ強い抑制薬も飲んでいるので、発情対策は完璧だ。とはいえ、澪にしてみればわざわざ断る前提の『お見合い』に行くのは面倒でしかない。

来月には長年暮らした児童養護施設を出て、専門学校の寮へ入る事が決まっている。授業が始まる前に、面倒ごとはさっさとすませたい。

――先生達はアルファの番になるのも悪くないって言ってたけど、俺は無理だし。

幼くして乳児院に預けられ、養子に貰われることもなく育ったせいか、自分の人生を他人に支配されるなんてまっぴらご免だと思っている。

同じ境遇で育った友人達の中には『お見合い』に積極的なオメガもいたけれど、大半は自由に生きたいと話していた。

――まあいくらオメガ不足だからって、俺みたいなのを番にしたいアルファなんていないよな。

基本的な問題として、アルファが番に望むのはオメガとの『子作り』だ。幼い頃から澪は同年代よりも小柄で、全体的に細いというか肉付きが薄く、髪もパサついている。

つまりはアルファからすれば、最も番に適さない『妊娠しにくい体つき』なのだ。別にアルファからの評価などどうでもよいので、特に気にしたこともない。

ともあれ番の適齢期とされる二十五歳を過ぎるまでは、定期的に呼び出しはかかる。だが義務として指定されている『お見合い』は初回だけで、後は仕事などを理由に断る事が可能だ。

つまり裏を返せば、その一回目の『お見合い』で番になるパターンが多いと言える。

「さっさと終わらせて帰ろう」

一階の案内所でホテル直通のエレベーターを教えて貰い、澪は意を決して乗り込む。自分が場違いだと自覚していたが、いざホテルのロビーに出ると今更ながらに萎縮してしまう。

周囲にはいかにもセレブといった雰囲気の客しかおらず、着古したジーンズにパーカー姿の澪は明らかに浮いていた。

「――『お見合い』の方ですか？」

スーツ姿の男が近づいて来て、澪に声をかけた。

「あ、はい。結城《ゆうき》澪です」

「本日のお見合いを取り仕切らせて頂きます、番促進委員会の者です。本日はご足労頂きありがとうございました」

澪がスマートフォンから事前に登録した番号を見せると、丁寧に頭を下げる。番促進委員と言えば、官僚の中でも優秀なアルファだけで構成された部門であるのは皆が知る事実だ。

エリート街道まっしぐらな男が、未成年で正直身なりもこの場にそぐわない澪に対して真摯に対応するのには訳がある。

近年、オメガ人口は減少の一途にある。一部には発情抑制剤の副作用との声もあるけれど、未だに原因は分かっていない。

適齢期のアルファに対して、世界中で深刻なオメガ不足が起こっている。そういった事情もあり国としてはどうにかして番を増やし、優秀なアルファを産んで貰う必要があるのだ。

「問題無ければ、『お見合い』の説明に移らせて頂きますが……お食事がまだでしたら、ホテル内のレストランを結城様に一切の負担無くご利用して頂けます」

「昼食は食べてきたから、大丈夫です」

「かしこまりました。ではご案内の前に、ご協力頂いたお礼のクーポン券をお渡し致します。スマートフォンにもご指定された会社のポイントが入っていますので、後でご確認ください」

こういうところは、やはりお役所的なんだと澪は笑いそうになる。国を挙げての一大事業と銘打ってはいても、どこか感覚がずれている。

「ではこちらへどうぞ。首輪の装着は初めてですか？」

「着け方は学校で習いました」

促されてソファに座った澪に渡されたのは、一見なんの変哲もない革の首輪。以前は項を噛まれないよう、オメガは常に着けていた物だ。

今ではアクセサリー感覚で付けられておりファッションの一つとして人気も高い。しかし本格的な鍵付きの物は、見るのも着けるのも初めてだ。

「結構しっかりしてますね」

「以前、事故がありまして。未遂でしたが、かなり問題になったので、『お見合い』の場では装着が義務になっております」

係員の言葉に澪は首を傾げる。

オメガは生まれてすぐに抑制薬を投与されるので、発情自体経験が無い。極端な話、番を持たなければ、生涯発情を迎えず過ごす者も少なくないのだ。

「事故なんてあるんだ」

何気なく呟《つぶや》いた澪の言葉に、係員が慌てた様子で取り繕う。

「ご安心ください。各階には医師と警備員が常駐しておりますので、防犯ブザーを鳴らして頂ければすぐに駆けつけます」

番になることが前提とはいっても、表向きは強引に番になるよう迫るのは犯罪なので、対策は万全だとアピールする必要があるのだろう。

何度も頭を下げ、過剰とも思える説明をする係員に少しばかり同情してしまう。最初の段階でオメガが難色を示して『お見合い』を延期すれば、当然叱責を受けるのはこの係員なのだ。

「ええ、聞いてます。ここまで来て急に帰ったりしませんから、安心してください」

「すみません」

彼の態度から察するに、アルファの番探しは澪が考える以上に大変なのだろう。

「では最終確認をさせて頂きます――」

受付のテーブルを挟んで、係員が説明を始める。

お見合いは基本的に、ホテルの一室で行われる。

オメガは非常に相性の良い『運命の番』に出会うと、本人の意思に関係なく体が反応して軽い発情を起こす。

当然ながらアルファはそのフェロモンに反応する。そしてお互いの同意があれば、その場でセックスをして番になる事が可能だと淡々と告げられた。

「あの、発情状態になってから、番拒否をしたい場合はどうすればいいんですか？」

発情状態になったオメガは、アルファと性交しなければその衝動が抑えられないと聞いている。

「ご安心ください。オメガから拒否されたアルファには、医師を呼ぶ義務があります。違反すれば、執行猶予のない懲役刑が科されます。医師がすぐに発情抑制剤を打ちますので、問題ありません」

返答に澪はほっと胸をなで下ろす。

即効性のある安全な薬と、アルファへの厳罰。この二つがあるからこそ、オメガは安心して社会生活を送れるようになった。

あとは自分自身の意思で番を断れば、なんら問題なく自由の身になる。

十分ほどで説明は終わり、澪は指定された部屋番号と相手の氏名が書かれた書類を渡される。

これは唯一、アルファ側の権利を守る物だ。オメガの中には相手の資産を調べ、より良い相手と番になりたいと公言する者は少なくない。

なので平等に『お見合い』を成立させるために、直前まで相手の情報が伏せられているのだ。

ただし最初から断るつもりで来ている澪からすれば、相手の素性などどうでもいい。

――５０５号室。名前と顔を確認したら、断って帰ろう。

最低限の挨拶を済ませれば、『お見合い』は滞りなく済んだと見なされる。その後は帰ろうが何をしようが構わないのだ。

指定された部屋の前に行くと、澪はドアをノックする。すぐに扉が開き、一人の男が出てきた。

──うわっ、これがエリートアルファってやつかな？　何ていうか、圧倒される。これ、断る気でいなかったら確実に番ってる。

アルファの中でも飛び抜けて能力の高いエリート層がいて、彼等は『エリートアルファ』と呼ばれている。

澪が知るアルファは、所謂《いわゆる》芸能人か政治家だ。友人や知り合いはふつうのアルファかベータばかりだったので、エリートアルファを間近で見るのは初めてだった。

頭一つ分背の高いスーツ姿の男に、澪は見惚れてしまう。顔立ちが整っているとか、そういうレベルではない。澪が知るどんな俳優よりも、人を惹き付ける魅力のようなものが溢れている。

「君がお見合いの相手かな？」

ぽかんとして立ち尽くす澪に、男が優しく声をかける。その声も低くて、耳触りが良い。なんて事を考えながら馬鹿みたいに突っ立ていた澪だが、怪訝《けげん》そうな彼の視線で我に返った。

「……あの。はじめまして、柊宮《しゅうみや》さんですか？　結城澪です。今日はよろしくお願いします」

だが返されたのは予想外の言葉だった。

「いいや、私は藤宮《ふじみや》だよ。藤宮雅信《まさのぶ》」

「え？　じゃあ部屋を間違ったのかな。ここ、５０５号室だと思って。すみません」

「５０５号で合っているよ。申し訳ないが、書類を見せてもらえるかな」

「はい」

藤宮と名乗った男に、澪は書類を渡す。

「書類は『柊宮』だから、藤宮さんと間違えたのかも。ほら、ここにある名前が……」

考え込んでいる藤宮に、澪は深く考えず近づき書面を指さした。いくら相手がエリートアルファでも、遺伝子上のマッチングが外れていれば脅威でもなんでもないはずだ。

「どうしたらいいんでしょうか」

「君にこの書類を渡した人を覚えているかい」

頷いて澪は彼を案内してロビーに戻ろうとするけど、どうしてか体が動かない。

「あれ……？」

自分はドアの外で話をしていた筈《はず》なのに、気付けば部屋に数歩踏み込んでいた。藤宮もどこか困惑した様子で、澪を見つめている。

――なんだ、この香り……。

無意識の行動に戸惑う澪は、不意に漂ってきた甘い香りに更に困惑した。初めて嗅ぐ香りなのに、ずっと前から知っている気がする。

そしてそれが自分の肌から出ていると気付いた瞬間、下腹部に奇妙な疼《うず》きを覚えた。

「フェロモン……どうして……」

生まれて初めて知る自身のフェロモンと発情に、戸惑いを隠せない。

「あ、あの。お医者さんを呼んで……っ」

不意に強く抱きしめられ、澪は身をすくめた。

――駄目だ、離れないと。でも藤宮さんの香り……すき……。

澪の発情に反応したのか、藤宮からも僅かだがフェロモンが漂い始める。清涼感のあるそれを吸い込むと、頭の中がくらくらとして全身が蕩《とろ》けたような錯覚に陥る。

――アルファのフェロモン。相性よくないと出ない筈じゃ……どうして……。

抗おうとしても、体が言うことを聞かない。それどころか、自分から下半身を藤宮に擦り付けてしまう。

「素敵な香りだ」

「違う！　香りなんか出てない。待って……嫌っ……ぁ」

腕に力が入らず、澪は藤宮に更に強く抱きしめられ唇を奪われた。軽く触れ合っただけなのに、疼きが激しさを増す。

「っ……こんな事したら、事件扱いになりますよ」

必死にもがくけれど、アルファの力には敵わない。睨《にら》み付けても藤宮は全く動じず、欲情した眼差しを澪に向けてくる。

「知っている。けれどどうしても君が欲しいんだ。澪」

「馴れ馴れしく呼ぶな！」

本来、発情に陥ったオメガは我を忘れて快楽を求めるという。だが定期的な発情すら抑える薬を投与され続けた体は、抑制剤が僅かに効いているので辛うじて理性を保っていた。

藤宮も理性を手放してないはずなのに、堂々と澪を求めてくる。『運命の番』でもないのに求めてくるなんて、明らかに異常な事だ。

逃げようとする澪の頬に藤宮の手が添えられ、強引に唇が再び塞がれる。今度は深く貪《むさぼ》るようなキスに、澪はただされるままになる。

入り込んだ舌が上顎を舐め、澪はその刺激にびくりと震えた。

「んっ、ぁ」

キスだけで立っていられなくなった澪は、藤宮に抱き上げられてしまう。もう抗う力もなく、彼に凭《もた》れていると無言で奥の部屋に運ばれた。

——ベッド……。

視界にキングサイズのベッドが映り、澪は熱い吐息を零《こぼ》す。

これから自分の体に何が起こるのか、本能が理解していた。そしてそれを、嫌だとは思っていない自分に驚く。

自分の下腹部から湧き上がる淫《みだ》らな期待と悦びを、澪は確かに感じていた。

——……だめ、だ……俺、番なんて……嫌なのに。こんなの、俺じゃない……。

心の中で抵抗してみてもベッドに下ろされた途端、互いのフェロモンは益々濃くなりベッドルームに充満する。

「いやっ」

身を捩《よじ》ってみても簡単に押さえ込まれてしまう。

体格差もあるけれど、アルファにオメガが敵うはずもないのだと改めて思い知る。

「どうか私を、受け入れて欲しい」

「ッ……」

耳元で囁く声に、体が反応した。全身から力が抜け、藤宮へ差し出すように腰が上がる。慣れた手つきで、服と下着を脱がされてしまう。

「嫌だっ！　離せよ」

初めて会った相手に組み敷かれ、澪は怒りと屈辱で泣きたくなった。なのに体は、エリートアルファに求められていることに反応して、臍《へそ》の辺りがじわりと熱を帯び始める。

藤宮も澪の変化に気付いているようで、大きな掌《てのひら》が愛撫するように下腹部を撫でた。

「傷つけたりしないよ。約束する——ああ、君の香りが濃くなった。素敵だよ澪」

見おろしてくる彼の瞳からは理性の色が消え、雄の欲望がギラついている。既《すで》に彼からすれば、澪は孕《はら》ませる対象でしかないのだ。

——こわい、のに……なんで俺、期待してるんだ？

オメガの本能が、全てを明け渡せと囁《ささや》く。雄を知らない秘めた場所が疼いて、おかしくなりそうだ。

「……やめてください……お願い……俺、初めてなんだよ。頼むから、やめて」

なけなしの理性で懇願しても、藤宮は退いてくれない。そして彼も上着を脱ぎ捨て、スラックスを寛《くつろ》げた。

「ひっ」

反り返った性器を前にして零れた悲鳴には、明らかな歓喜が混ざっていた。

怖くて嫌なのに、逞《たくま》しいそれから視線を外せない。

——これからあれが、俺の中に……。

藤宮の手が澪の膝裏に添えられ、ゆっくりと左右に開いていく。後孔に彼の先端が触れると、澪は自分の恥ずかしい場所が濡れていることに気が付いた。

「キスだけで、受け入れる準備が整うのか。嬉しいよ」

嘲《あざけ》りではなく、心から幸せそうに藤宮が微笑む。

けれど淫らな体の変化を突きつけられた澪は、あまりの恥ずかしさに涙をこぼす。

「も、止めろ……やめて……っあ」

くぷりと先端が入り込み、挿入が始まる。澪の体を傷つけないようゆっくりと繋がっていく感覚は焦れったくて、無意識に腰が揺れる。

「だめ……もう挿《い》れないで……だめ……っ」

「落ち着いて、大丈夫だから。どうか、私を受け入れて……」

拒絶する言葉とは反対に、内部は藤宮の蹂躙《じゅうりん》を望んでいた。やんわりと食い締め蠕動《ぜんどう》し、雄を奥へと誘い込む。

「なんで、うそ……いやだ」

「大丈夫だよ。ゆっくりと呼吸して、そう。上手だね」

「や、なんでっ」

オメガとして自身の体の知識はあっても、実際にセックスをするのは初めてだ。快感と混乱で怯《おび》える澪を、藤宮は優しくあやしながら時間をかけて深く繋がった。

「君とは相性がいいみたいだ。ほら、楽にして。怖がらなくていい」

「ぁ……あっ」

「うん、澪は飲み込みが早いね。オメガとして理想的な体だ」

目尻から流れる涙を、藤宮の唇が拭ってくれる。片手で腰を抱きながら、空いた手で乳首や首筋、脇腹を丁寧に愛撫し性感帯を引き出していく。

「抜いてっ……体、おかしくなる」

「イきそうなんだね。澪の好きなように、私を貪って構わないよ」

ぐいと奥を突き上げられ、澪は自身に一切触れられることなく達してしまう。

「……っ……ぁあ」

初めて知るオメガの絶頂に、身も心も陥落した。

凄まじい快楽と多幸感が全身を駆け巡り、訳も分からず藤宮に縋り付く。必死に腰を擦り付け、より深い結合を求めた。

「っひ……ッ、あぁ、ぁ」

酷く淫らな声を上げながら拙《つたな》く腰を振る澪に、藤宮が何処《どこ》か陶酔したような声で囁いた。

「こんなに愛らしいオメガは初めてだ。君を孕ませたくて、たまらない」

「駄目っ」

ぞくぞくと背筋が震え、澪は必死に快楽から逃れようとした。けれど軽く揺さぶられる度に快感は増してゆき、頭の中が淫らな欲望に支配されていく。

「っあ、そこ……やっ、イっちゃうから、擦らないでっ」

「すまない、澪。止められない」

腰を抱かれ、より深い場所を目指して先端が挿《はい》ってくる。

次第に藤宮も余裕が無くなってきたのか、言葉数が少なくなる。藤宮の荒い呼吸とベッドの軋《きし》む音、そして澪の唇から零れる嬌声が室内に響く。

「いくっ、待って……あ、奥やめて……っあ、ひッ」

いつしか澪は、藤宮を煽るような声を上げ鳴き喘いでいた。

——俺……犯されてるのに……どうして……。

「私のものだ、澪」

「ぁ、う」

「誰にも渡しはしない」

「……や、んっ」

まるで恋人同士のように唇を重ね、澪は藤宮との交合を続ける。

逞しい性器を根元まで受け入れた後孔は、すっかり蕩けて快楽を貪る器官になっていた。何度も絶頂し、自身から蜜が出なくなっても藤宮は蹂躙を止めなかった。

そして澪も、彼を煽るように甘く鳴き喘ぐ。

「んっふ……奥、きて……ッ」

「ああ、澪のココも準備ができたようだから――出すよ」

腰が動かないよう両手で固定され、澪は息をのむ。下腹部に響く勢いで挿入された雄が、動きを止めた。

――なに？　……おなか、熱い……。

何度達しても得られなかった強い刺激が、やっと与えられるのだと本能が囁く。

安堵《あんど》に近い感情が胸を満たし、澪は体の力を抜いた。

無意識に受け入れる姿勢を取ると、澪が期待した以上の快楽が腹の最奥へと注がれる。

「……もっと、ほしい……」

「ああ、君が満足するまで注ぐよ」

澪は少し前まで抵抗していたのが嘘のように、舌足らずに藤宮を求める。

射精する間も藤宮は精液を塗り込めるみたいに、肉襞を擦り上げた。

「……ん……きもち、い……」

長い射精が終わっても、藤宮のそれはまだ硬く、澪の中で脈打っている。逞しく雄々しい高ぶりを、澪の内部が愛おしむように食い締める。

「やっと出会えた。私の番」

持続する絶頂で動けない澪に、藤宮が優しく口づけた。既に冷静な判断力を失った澪は、再開された律動を素直に受け止め、はしたない悲鳴を上げてよがる。

濃厚なフェロモンと途切れない快楽の中で、澪は絶望の涙を零した。


「あれ？　ここ、どこだ……っ」

いつの間にか眠っていた澪は、深夜に目を覚ました。隣に人の気配を感じた瞬間、自分の痴態を思い出し真っ青になる。

――どうして俺、発情期になったんだ？　薬は効いてるはずなのに……ともかく逃げないと危険だ。

幸い藤宮はまだ眠っている。できるだけ音を立てないようにベッドから抜け出したが、くぐもった声に引き留められた。

「澪？　どうしたんだい？」

行為直後のアルファは、感覚が通常より鈍る。特に番を得たことで安心しきっている今が、逃げるチャンスだ。

首輪のお陰で項は噛まれていないが、藤宮からすれば澪は番として認定している筈だ。

「喉が渇いたから、お水飲んできます。藤宮さんは、寝ててください」

優しく答えると特に詮索されることもなく、藤宮は再び眠りについた。

——服は……畳んである。体も拭いてくれたんだ。

この優しさは、アルファが番のオメガに向ける特有のものだと教科書で習った。

あくまで子孫を残してくれる相手を大切にするという本能から来る行動なので、恋愛感情とは関係ない。

それを知った時、澪は番という関係に嫌悪を覚えた。しかし本能と理解しても、アルファの優しさを求めるオメガもいる。

どちらが正しいなんて、澪は考えたことはない。ただ自分は、アルファの庇護を受け入れる事に抵抗があった。

幸い法律上番になる第一条件は性行為の有無ではなく、オメガの希望が尊重される。殆どのオメガは性交すると、アルファに惹かれて自然に番となることを選ぶけれど。

だがセックスをした今でも、自分の考えが変わっていないことに少しほっとする。

——やっぱり俺は、アルファに守られるなんて絶対に嫌だ。

澪は身支度を済ませると、急いで部屋から出てロビーに向かった。

受付には昼見た係員とは別の男が待機しており、澪に向かって一礼する。

「いかがでしたでしょうか？」

「合わなかったので、帰ります。俺は、番にはなりません。この書類、お返ししますね」

「何か問題がありましたか？」

こんな時間に出てきたのだから、セックスをしたのは明白だ。なのに番を断り帰ろうとする澪を、係員は慌てて引き留めようとする。

「何もないです」

「お待ちください。首輪だけでも外させてください！」

それまで落ち着いて話をしていた係員が急変し、澪の肩を掴む。係員の男もアルファなので、振り払うことはできない。仕方なく立ち止まると、直ぐに首輪のロックが解除される。

「すみません。規約ですので……何かご不満があったのでしたら、お伺いしますので。せめてご帰宅の理由だけでもお話を……」

しかし澪は振り返らず、首輪を床へ放り投げると丁度到着したエレベーターに飛び乗った。一階に到着するとすぐさまタクシー乗り場に向かい、藤宮が追ってきていないことを確認してから乗り込む。

自立準備のために借りていたアパートに戻ってから、澪の行動は早かった。

まずネットでオメガを支援する団体を調べ、できるだけ遠くにある団体を選びメールを送る。

同時に荷造りと、アパート退去の書類を用意した。幸い来月には専門学校の寮へ入る予定だったのと、自立のお試しとして養護施設が借りているアパートだったから、引っ越し準備は明け方までにはほぼ終わった。

——入学キャンセルは辛いけど、ここにいたら絶対あいつに連れて行かれる。

あの男は、アルファの中でも『エリートアルファ』と呼ばれるごく限られた人間だ。所謂特権階級と称される部類で、能力も家柄も全てにおいて秀でている。

一見完璧とも思える『エリートアルファ』だが、番に対して強い執着心を持つと知られている。番になれば監禁され、執拗に子作りを求められるという噂まで囁かれるほどだ。

——あんなエリートアルファに摑まったら、家に閉じ込められて無理矢理番にされるに決まってる。

『運命の番』でもない相手と行きずりのようなセックスをした自己嫌悪と、番にされる恐怖が今更ながらこみ上げてくる。

昔のように項を嚙まれて、物理的に抗えなくされる事はない。だが番を拒むオメガにとって、アルファの執着ほど恐ろしいものはないのだ。

「返信、来てる」

早朝だというのに、支援団体からは澪の状況を確認するメールが入っていた。すぐに連絡を取り、澪は自分が無理矢理抱かれてしまい、番にされそうな現状を訴える。

すると緊急案件だとすぐに判断され、澪はその日の昼には支援施設に向かう飛行機のチケットを取った。


悩んだ末に、澪は誰にも告げずひっそりと長年住んだ街をあとにした。

『お見合い』の事故から三年後。

澪は都市部から離れた田舎町のカフェで、住み込みで働いていた。

「隼斗《はやと》。おやつにするから、手を洗ってきて」

「はーい」

テラス席に出た澪は、店の中庭で遊んでいる息子の隼斗に声をかける。三歳になったばかりの隼斗は、藤宮との『事故』でできた子どもだ。

隼斗は心身の発達が早く、既に簡単な読み書きができているので、確実にあのエリートアルファの血筋と分かる。

産むまでに、葛藤がなかったと言えば嘘になる。

そもそも番になるつもりがなかった澪は、オメガの妊娠出産に関して殆ど勉強してこなかった。もしも相手が運命の番ならば、こんなにも悩まなかっただろう。

しかも知識不足に加え、無理矢理関係を持った相手の子だ。それでも産むと決断したのは、澪を保護してくれた施設の創立者である北條良治《ほうじょうよしはる》と琴羽《ことは》の支えがあったお陰だ。

二人は男性同士の番で、項を噛んで番になっていた最後の世代だと聞いている。良治は定年後、持っていた人脈と既に独立している実子の協力のもと、長年計画していたこの施設を立ち上げた。

澪のように特殊な境遇のオメガを保護し、生活の基盤が整うまで無償のサポートをしてくれるのだ。

特に琴羽は医師ということもあって、澪の妊娠にいち早く気づいてくれた。彼等の適切で手厚いサポートがなければ、隼斗を産むことも難しかっただろう。

とにかく遠い場所に逃げたい一心で決めた施設だったが、国際的な保護団体とも連携を取っている堅実な施設と後で知り驚いた。良治から説明されなければ、こんな小さい規模の施設が国内でも屈指の先進的なオメガ保護施設とは気づかなかっただろう。

商店街のある近くの街までは、車で片道二十分。カフェに来るお客はほぼ顔見知りで、たまにネット経由で知った観光客が訪れる程度ののんびりとした環境だ。

「澪君、今日のおやつはなにかな?」

「チョコレートブラウニーですよ」

二階の窓から顔を出したのは、カフェ『れもん』の店主で施設の代表を務める良治だ。エリートアルファで、六十半ばの彼は灰色の髪はいつもきっちりと纏められ、お気に入りのパイプを手にしている。

古い洋画の俳優にそっくりで、ダンディという形容詞がぴったりだと澪は常々思っている。けれど番の琴羽からすると、すっかり『気の抜けたおじいちゃん』らしい。

「今日はお天気がいいから、テラスで食べましょう」

「僕がお茶を淹れるから、澪ちゃんはケーキの準備をお願いね」

「はい、琴羽さん」

厨房から聞こえた琴羽の声に、澪は元気よく答える。

良治の番である琴羽は、以前は国立病院に勤務しておりオメガを専門に診ていた医師である。

肩より少し長く伸びた白髪は、澪のパサついた髪とは対照的にさらさらとして絹のようだ。

何よりその容姿は歳をとっても美しく、エリートアルファである良治の隣に立っても全く遜色ない。良治と正式な番になるまで、何人ものアルファからプロポーズされて逃げ回ったというのも頷ける。

「おかあさん、ことはおじいちゃん。おはなをどうぞ。おさらのよこにかざると、きれいだよね」

「ありがとう。隼斗」

庭に咲いていたマーガレットを摘んで、隼斗が持ってくる。テーブルに置いて手を洗いに洗面所へと駆けていく隼斗を、澪は目を細めて見送る。

――俺が三歳の時って……覚えてないけど、絶対あんな気が利くような子じゃなかったよな。

施設育ちの澪は、幼い頃を記録した写真などが殆どない。それにここへ逃げてくる時は、必要最低限の荷物しか持たなかったので、自身の預けられた経緯を記した書類なども持ち出せなかった。

しかし、自分の過去に関して、特別興味はないので今はある意味すっきりしている。

生みの親は、澪を第二の性の出生診断さえせず乳児院に置き去りにした。育てられず手放す親は後を絶たないが、それでも産んだ子どもが『オメガ』と分かればある程度成長してから迎えに来る親もいる。

『お見合い』が成立した後で親族が番のアルファに子どもを育てた費用を要求する事もあるのだ。

だが澪の親は、そういった汚い考えすら浮かばないほど追い詰められていたらしい。

どういう理由で自分を捨てたのかは知るよしもないけれど、澪としては産んでくれた事だけは感謝している。

「もう立派なパティシエだね」

チョコレートブラウニーを切り分けていると、横から琴羽が手元を覗《のぞ》き込む。

「まだまだですよ」

「謙遜しなくていいんだよ。事実澪ちゃんは、独学で国家資格を取ったんだから」

「全部、琴羽さんと良治さんのお陰です」

澪がパティシエを目指していたと知った北條夫婦は、『れもん』で働きながら製菓衛生師の試験を受けるよう後押ししてくれた。本来なら専門学校で学ぶべき事を、全て独学でやるのはかなりきつかった。

それでもやり遂げられたのは、隼斗と二人で生きていくという目標があったからだ。自立していたり、ベータと結婚したりするオメガは珍しくない。しかし子どもがアルファとなれば話は変わってくる。

ベータと結婚しても、オメガはアルファを産めない。従って、当然番がいるものだと周囲からは見られてしまう。

番がいないのにアルファを産んだとなれば、病院や市役所で番から失踪届を出されていないか、あるいは事件絡みではと詮索されることに繋がる。

それは番を拒否する澪にとって非常に厄介な問題だが、北条が根回しをしてくれたお陰で今のところ生活に支障はない。

——本当に俺は恵まれてる。

実の家族みたいに、二人は親身になって澪と隼斗を支えてくれる。

何か恩返しがしたいと常々伝えているが、二人は口を揃えて『れもんで働いてくれるだけで十分。あとは澪と隼斗が幸せになってくれれば良い』と言うだけだ。

ただ一つだけ問題を挙げるなら、澪自身の発情に関しての件だ。

発情状態で番ったオメガは、どうしてもフェロモンの分泌が不安定になってしまう。

一度発情してしまうとオメガは体の構造上、定期的な発情期は免れない。抑制剤でも完全には制御しきれないので、実質アルファの庇護が必要になる。

それならば一生発情を迎えないまま一人で過ごす方が気が楽だ。だから澪も、『お見合い』の前には密かに強めの抑制剤を飲んでホテルへ赴いた。

しかし澪は項を噛まれないまま発情期になってしまった。

更に子どもを産んだとなると、抑制剤も強めのものを飲む必要があるのだ。

この三年は抑えられているけれど、いつ発情期が来るか分からない状態であるのは変わらない。琴羽は強い抑制剤で体を壊してしまう前に、早く番を持った方がいいと言う。

でも澪は、誰とも番になるつもりはない。

——今までも薬で抑えてきたんだ。これからだって、多少副作用が出てもなんとかなる。

アルファとの結婚を玉の輿、と考えるオメガもいる一方で、澪のように頑《かたく》なに番を拒む者がいるのも現実だ。

——俺は絶対……たとえ琴羽さんの勧めでも、誰の番にもならない。

今でも時々、あの日のことを夢に見る。

意識は快楽で混濁していたけれど、藤宮が決して首輪に触れなかったことは覚えている。あれだけ激しく貪ったにもかかわらず、首輪を外そうとするどころか項を噛む素振りも見せなかった。

エリートアルファにしてみれば『運命の番』でもないオメガなど、噛むに値しないと思ったに違いない。いや、澪の出自を調べ、伴侶に相応《ふさわ》しくないと判断した可能性だってある。

そんなネガティブに考えてしまうのには、理由がある。

澪を抱いた藤宮の素性は、良治が調べてくれた。

藤宮雅信、由緒ある商社の御曹司だ。経済などに興味の無い澪でも聞き知っている大企業の跡取りという立場でなら、興信所などを使って澪の避難先を調べるなど造作も無かっただろう。

なのに澪が姿を消してから、一度も施設を訪れなかったのはあえて藤宮が『会わない』という選択をしたからだ。

つまりはフェロモンに煽られ、ただ本能的に澪を犯し捨てた。

一時の快楽のために使われたという現実を、澪は暫《しばら》く受け入れられなかった。

一般的に、アルファは一度抱いたオメガに対して強い執着を持つ。特にエリートアルファともなると、それこそ監禁してでも番にすると公言する者も少なくないので、こういった保護施設が未だに存在している。

もし澪の居場所を突き止め、訪ねて来たとしても番になる気など全く無い。しかし澪の尊厳を踏みにじっておきながら謝罪すらしない藤宮の態度が許せなかったし、一度くらいは頭を下げに来るのが筋だと思っている。

――俺の人生、滅茶苦茶にしておいて知らない振り続けてるとか。あんな最低なヤツのために苦しむなんて絶対ご免だ。

けれど時々、夢の中で優しく微笑む藤宮とセックスしていた。激しいけれど、決して乱暴な抱き方ではなかったのは事実で、そんな夢を見た翌朝は下半身が蜜液で濡れており自己嫌悪に陥ってしまう。

早く忘れてしまいたい記憶なのに、どうしても藤宮の優しい声を忘れられずにいる自分も嫌になる。

「おかあさん。おちゃのじゅんびができたよ」

「ごめんぼーっとしちゃって。すくケーキを持っていくからね」

「うん」

息子にはまだ、父親が誰であるか話していない。いずれは伝えるつもりだけれど、いくらエリートアルファの血を引いているといえ隼斗はまだ三歳だ。

琴羽から妊娠を告げられて暫くは、愛情を持って育てられるか不安だった。子どもを産めば、定期的な発情が来ると教えられてからは、将来の事を考えて澪は随分と悩んだ。良治と琴羽に相談したり、あるときは八つ当たりのように自分の置かれた理不尽な状況を泣いて訴えたりもした。

それでも最終的に、澪は隼斗を産むと決意し後悔はしていない。

何より今は、隼斗のお陰で生きがいを感じている。

——隼斗のためにも、早く自立しなくちゃ。

無意識に、澪は首元に手をやる。この施設に来てすぐ、琴羽から渡された項を保護する専用の首輪だ。ホテルで付けた物とは違い、軽くて見た目もアクセサリーに近い。

だが特殊なカーボンで作られているそれは、最新式の電子キーが埋め込まれており、そう簡単には外せない造りになっている。

これを付けている限り、フェロモンが漏れ出しても項を噛まれる心配はない。

番を持たない子連れのオメガは、生涯にわたってこの首輪を付けた上で、定期的に強い発情抑制薬を投与しなくてはならない。

子を産んでもなお番を拒むオメガとして、好奇の視線に曝《さら》されるのを覚悟の上で生きていくと決めている。

「頑張らなくちゃ」

らしくなく沈んでしまった気持ちを奮い立たせるように、澪は両手で軽く自分の頬を叩く。

そして手早く四人分のチョコレートブラウニーを皿に盛り付けると、テラス席に運ぶ。

「あれ？　お客さんだ」

遠くに車が見えて、澪は呟く。見渡せる範囲は全て北條の敷地だから、近づいてくる車は必然的にカフェのお客となる。

営業時間内だからお客が来て当然ではあるけれど、不便な場所なので平日は決まった時間に地元の住人しか訪れない。

北條達も慌てた様子でエプロンを身につけ、お客を迎える態勢を取る。

「いらっしゃいませ……」

車がカフェの前に横付けされ、スーツ姿の男が一人降りてきた。観光客にしては服装が堅いし、かといって見知った街の住人でもない。

男が真っ直ぐに澪を見つめ何か言いかけた瞬間、背筋がさあっと冷たくなった。

「隼斗、二階に行って。早く！」

子供心に異変を察した隼斗が、澪の指示に従い二階へ続く階段へと駆けていく。

——なんで……どうして今更。

目の前にいるのは、忘れるはずがない男。

「今更何しに来たんですか。帰ってください……帰れよ！」

藤宮雅信を前にして、澪は怒りを露わにする。良治に藤宮の素性を調べて貰ってから、澪もネットなどで彼の情報を見聞きしていた。

表には殆ど出ない人物だが、経済誌やそれらの情報を扱うネット番組には幾つか出演し、インタビューを受けている。

そしてその殆どは、『クールで優秀な、エリートアルファ』だともてはやされていた。

だがオブラートに包まれていても、突き詰めれば『仕事人間で容赦のない性格』と澪でも理解できる内容ばかり。更に最近は『早く跡取りが欲しい』と公言している。

——もしかして、隼斗の事を調べて来た？

アルファは総じて番は勿論、優秀な跡取りも欲している。澪が番を拒絶するタイプのオメガだと知っている場合、藤宮が隼斗だけを引き取ろうとしている可能性は大きい。

「結城さん、私は」

冷静な藤宮の声が、余計に澪の気持ちを逆なでした。

あの日の記憶が鮮明に蘇り、澪は振り払おうと頭を横に振る。藤宮は同じ声で甘く愛を囁き、澪はよがり狂った。

心は彼を拒絶しているのに、オメガの本能は与えられた快楽を思い出しかけている。

「煩い！　俺はあんたの番じゃないんだから、気安く呼ぶな！　あんたが何て言い訳しても、俺は番にならないからな！」

下腹部の奥に生まれた僅かな疼きを消したくて、澪は自分に言い聞かせるように彼を拒絶した。

敵意を露わに自分を睨む澪を前にして、雅信は唇を噛む。

――自業自得だと分かっていても、辛いな。

三年前のあの日の事は、今でもはっきりと思い出せる。

『運命の番』ではない相手の純潔を強引に奪い、衝動のままに貪った。

これはアルファとして、最低の行為だ。もしあの場で訴えられていたら、自分は懲役刑を言い渡され収監されていたはずだ。

けれど澪は雅信を訴えることはなく、そのまま姿を暗ませた。

発情でパニックに陥り、冷静な判断を欠くオメガは少なからずいる。近年は世界保健機構の協定により、オメガは生まれて数日の間に発情抑制薬の投与を受ける。これは副作用がない上に、『運命の番』が見つからなければ生涯にわたって効果が続く。

だから『お見合い』の場での発情は、殆どのオメガにとって初めて発情する瞬間にもなってしまう。

とはいえ、数日もすれば精神的に落ち着くので大抵は大事になりはしない。

フェロモンに流され意図しない性行為をしてしまった場合は、役所にその旨を届け出れば法的な番にはなれない。また、オメガが拒絶したにもかかわらず、発情を煽る行為が為された場合は、性行為自体を訴えられる事もある。

どのような糾弾も覚悟していた雅信だったが、弁護士や関係機関からの連絡はなく独自に調べたところ澪は既に遠方の保護施設に避難していると知った。

この三年、澪の逃避先を知りながら、なにもしなかった訳ではない。すぐに保護施設の代表である北條良治と連絡を取ったが、返答は『会わせることはできない』という素っ気ないものだった。

それだけでなく藤宮家側の問題を指摘され、まずはそちらを解決するべきとも助言を受けたのが三年前。

実際問題として、雅信を取り巻く環境は澪を番として迎えるのに適しているとは言いがたかったのも事実である。

関係を持ちながら行方を暗ませた澪に対して『藤宮の名に泥を塗った』と憤る親族もおり、当初は新しい相手を探すよう周囲から勧められた。

しかしどこからか『関係を持ったオメガが、エリートアルファを産んだ』と情報が漏れたことで、話は変わる。

元来、エリートアルファは生まれにくいという問題点を抱えている。なので初めての性行為で、それもエリートアルファを産んだとなれば親族が色めき立つのも無理はなかった。

何としてでも連れ戻し、いっそ監禁してしまえ。あるいは子どもだけでも攫《さら》えと、非常識な進言をする者達が出てきた。

雅信はただでさえ激務の仕事に加え、彼等を黙らせるという余計な問題まで抱え込む事になったのだ。

憔悴《しょうすい》する雅信を見かねた両親が半年前に全権限の移譲を宣言し、実質的に当主となった雅信は自身の番問題は家族のみで判断すると縁者らに申し渡したことでどうにか決着がついたのである。

まだ煩く口出ししてくる親戚はいるものの、過剰に踏み込めば本家の制裁が下るので今のところは大人しくしている。

そしてやっと部外者を黙らせる事に成功した雅信は、澪が匿《かくま》われている施設を訪れる事ができたのだ。

けれど嫌悪を露わに拒絶する澪を前にして、雅信はショックを受けた。歓迎されるとは思っていなかったが、完全に敵視されるとは予想外だった。

「澪君、落ち着いて。隼斗君は琴羽が見ているから安心して」

テラス席から出てきた白髪の男が、雅信と澪の間に立つ。

歳は六十半ばを超えたくらいだろうか。エリートアルファが持つ特有の威圧感があり、雅信は息をのむ。彼がきっとこの保護施設兼カフェの店主である北條良治だろう。

「店主の北條良治です。貴方は？」

「突然店先で騒いでしまい、失礼しました。私は藤宮雅信と申します。結城さんにお話したいことがあって、伺いました」

「私は縁あって、澪君の親代わりをしています。彼に何かご用がある場合は、私を通してからにして頂けますか」

口調は丁寧だが、毅然とした態度に雅信は改めて姿勢を正した。

「北條さんはオメガ問題に関して、各方面から提言を求められる立場の方と聞いております。私としても立ち会って頂ければ心強い限りです」

彼は国内外でもオメガの人権問題に関しては発言権のある人物なので、理解を得ることが大切だ。何より雅信は、権力を振りかざして澪を番にするつもりなどない。

けれど澪は縋るように良治に訴える。

「良治さん、俺こんな人と話をしたくありません。……ネットのインタビュー記事、読みましたよ。番が無理なら跡取りだけでも欲しいなんて言える最低な人じゃないですか」

「違うんだ。あの記事は本心ではなくて――」

「なんで嘘なんかつくんですか？　そんなの、とってつけた言い訳でしょう。最低だ！」

どう説明をしても、澪からすれば誤魔化しにしか聞こえないだろう。それでも雅信は必死に思いを伝えようと口を開くが、良治が落ち着いた口調で制する。

「藤宮君。インタビューは確か、一年程前に受けたものだったね。一年前といえば藤宮家の上層部で世代交代があったと私の耳にも入っているよ。何か関係しているなら、説明してくれないか？」

「はい。あの頃はまだ親族の発言権が強く、私が行動すると周知しておく必要があったんです。身内の恥を曝しますが、親族の中に結城さんと彼の息子の誘拐を計画していた者がおりまして……今は止めるよう説得できたのですが、当時は私の力不足で押さえきれなかったのです」

「どういうこと？」

怪訝そうに首を傾げる澪に、良治が雅信に代わって答える。

「彼の親族が身勝手な善意で犯罪行為をする前に、自分で解決すると公にした方が良いと判断したんだろう。暴走しかけた親族に同意した振りをして、油断させた……と言ったところかな。それで、今は大丈夫なんだね」

「はい」

父は表向き会長職へ退き、社長としての雅信の基盤固めを支えてくれている。母やきょうだい達もそれぞれのやり方で親族の口出しを押さえ、今回の訪問を後押ししてくれた。

——家族は私が番を連れて戻ると期待して送り出してくれた。そして私も、そのつもりだったが……。

確かにあの日、愛し合った筈の澪は雅信との再会を喜んではいない。

嫌悪と怒り、他にも様々な負の感情が向けられていると分かる。それでも雅信の中で、一つの感情が変化していく。

——元気そうで良かった。

北條の元で、澪は穏やかな生活を送っていた。

保護施設の中には、業務的な対応をする場所もあると聞く。だがここでは、澪の意思を尊重して彼を守ってくれていたのだと、表情を見て理解した。

これまでは乱暴した非礼を詫び、番として迎える事ばかり考えていた雅信だが、澪を前にして愛しさが募っていくのを自覚する。

自分がどう思われていようと構わない。

ただ澪が澪らしく生きられる環境にいた事が、とても嬉しかった。

「理由は分かりましたけど、俺はこの人と番になるつもりはないし。隼斗だって渡しません。帰ってください」

「澪君」

「いえ、突然来た私に非があります。また改めて、伺いますのでお話は後日……」

愛しい相手の心をこれ以上乱したくなくて、雅信は車へ戻ろうとした。

その時、カフェの入り口から子どもがひょこりと顔を覗かせる。

「おかあさん。このひと、だれ？」

慌てて追いかけてきたのは、良治の番である琴羽だ。彼はオメガ医療に関して権威ある立場の人物だから、雅信もよく知っている。

「ごめんなさい澪ちゃん、僕が目を離した隙に部屋を出て行ってしまって」

「隼斗、部屋に戻って」

大人達のただならぬ気配を察したのか、隼斗と呼ばれた子どもは皆を一瞥《いちべつ》すると澪の制止を振り切り雅信の傍に駆けてくる。

「行っちゃ駄目！」

明らかに自分の子どもだと、雅信は本能で確信する。何をするつもりなのか困惑していると、隼斗は雅信の手が届かない位置で足を止めた。

そして澪を庇うように両手を広げ、雅信を見上げる。

「おかあさんを、いじめるな！」

幼いながらもその声には、エリートアルファ特有の堂々とした力強さが込められている。

不安げに見守っていた澪が、隼斗の言葉を聞いて涙ぐみながら微笑む。

――番になれなくても、私は二人を守りたい。

雅信はそう決意して、一歩踏み出した。

隼斗が藤宮の元へ駆けだした瞬間、澪は絶望に近い感情を覚えた。

これまで隼斗には、父親である藤宮の話は一切していない。まだ幼い隼斗にどう説明すればいいのか、分からなかったのだ。

隼斗の背を見て、『やっぱりエリートアルファだから、父親が分かるんだ』と思ってしまったのは仕方のない事だ。

けれど澪の予想とは反対に、隼斗は藤宮から守ろうとしてくれている。その優しさに感動した澪だが、藤宮が近づいたことですぐ我に返った。

「隼斗君、と言ったね。君の大切なお母さんを、いじめたりしないよ。驚かせてごめんね」

藤宮は一定の距離を保ったまま、しゃがんで隼斗と視線を合わせる。

「おかあさん、すごくこわがってるの、おれわかるよ。おかあさんに、あやまってください」

「そうだね。私が悪かった。結城さん、申し訳ありません」

「あ……はい……」

冷静に会話をする二人を前にして、澪はなんとなく気が抜けてしまう。一人でエキサイトしていた自分が恥ずかしくなった。

——思ってた感じの人じゃないのかも。ていうか、隼斗は俺よりずっと落ち着いてる。

改めて見ると、二人はそっくりだ。目鼻立ちもそうだが纏う雰囲気も似通っており、誰が見ても親子だと言うだろう。

「結城さん、私はお二人を無理に連れ出したり、まして隼斗君だけを連れて行くつもりはありません。親族にも、口出しはさせませんから、ご安心ください」

「約束してくれますね？」

「はい。藤宮家の名にかけて誓います」

ひとまず藤宮が隼斗を連れ去る意図がないと知り、澪はほっと息を吐く。

「信じていいんですね？」

「勿論です。ご理解頂けたなら、また改めて伺っても宜しいですか？」

何度も念を押す澪に藤宮は嫌な顔一つせず、丁寧に答えてくれた。これ以上無下にするのは流石《さすが》に失礼だと思い、澪はこくりと頷く。

――どうせ番の件で色々話がしたいんだろうけど、俺はその気ないし。諦めてもらえるように、後で良治さんと作戦考えよう。

エリートアルファの子どもがいると分かれば、すぐに引かないのは目に見えている。話し合いが長期戦になるなら、弁護士を入れる必要が出てくるかも知れない。

「二人とも、元気そうで良かった」

ふと呟いた雅信の言葉に、澪は胸の奥が僅かに痛むのを感じた。

演技ではない心からの安堵が伝わってきて、彼を罵倒した自分の方が悪いような気がしてくる。

——……俺は悪くない。この人がいきなり来たのが悪いんだ。

そう自分に言い聞かせてみても、胸の疼きは激しくなり、体が熱くなっていく。緊張のせいか心なし呼吸も速くなり、澪はその場に座り込んでしまった。

「あ、れ？」

「澪君？」

「おかあさん！」

すぐに隼斗が駆け寄ってくるが、澪が抱き留める前に良治が抱き上げ琴羽を呼ぶ。

「恐らく発情だ。琴羽、来てくれ」

親子間でフェロモンは利かないけれど、発情の仕組みを知らない隼斗が見たら混乱するだけだ。

浅い呼吸を繰り返し蹲《うずくま》る澪は、隼斗に声をかけることもできない。

——薬はちゃんと飲んでたのに、どうして？

オメガ専門医である琴羽の処方した薬なので、この施設に来てからは発情も起こらず副作用も出なかった。

下腹部からこみ上げる熱と疼きを必死に理性で抑え込もうとするけれど、体は言うことを聞いてくれない。

それまで成り行きを見守っていた琴羽がすぐに澪の傍に寄り添い、肩を抱いて体を支えてくれる。

「良治さんは隼斗君をお願いします。ここからは、僕が話をした方が早い」

隼斗が良治と共に二階へ上がったのを確認すると、琴羽は信じられない提案を澪に突きつけた。

「落ち着いて聞いてね。澪ちゃんの体は、藤宮さんに反応して発情状態に入りかけてるの。今の澪ちゃんの状態なら、セックスをした方が早く収まるし負担も少ない」

「……じゃあもっと強い抑制薬を飲みます」

いくら体の負担にならないと言われても、それだけは断固拒否したい。

「番になるのは絶対に嫌です！　俺はアルファに人生を縛られたくない！」

「澪ちゃんの気持ちは、分かるよ。でも、今のあなたには、薬より彼とのセックスを勧めます。これは医師としての判断です。それと子どもがいても、項を噛まれなければ番にはなれないからそれは安心して」

「でも……」

「何かあったら、隼斗君は一人になるんだよ。子どもを産んでから、番を持たない決意をしたオメガが発情を抑えるには、副作用の強い薬の継続投与しかないって前に話したよね。ただでさえ負担がかかっているのに、これ以上は容認できない」

オメガの発情や避妊に関しては、様々な薬が開発されている。

安価で副作用もないものが殆どだが、それらは幼少期から投与されている製品か、あるいは発情していないオメガ用の薬である。

一度妊娠や発情を経験してしまうと、抑制剤の強さは格段に上がってしまう。

だが不安は、もう一つある。それは妊娠だ。

澪の考えを表情から察した琴羽が、優しく言葉を続ける。

「澪ちゃんの世代は使っている発情抑制薬の副作用で、出産から最低でも五年は妊娠しないんだ。これは学会でも立証されてる」

受け入れる準備は整っているので、負担無く発情を落ち着かせるにはセックスがいいのだと琴羽が冷静に諭す。

「不安なら避妊薬を処方するから。その方がまだ、体への負担も少ないし――」

それでもなかなか首を縦に振れない澪に、見守っていた藤宮から一つの提案が為された。

「私もアルファ用の避妊薬を飲みます」

「藤宮さん、宜しいんですか？」

「えっ」

驚いたのは澪も同じだ。

困惑する琴羽と澪に、藤宮は強い口調で自身の決意を告げる。

「結城さんにだけ負担をかけさせるわけにはいきません。双方が薬を飲めば、避妊はほぼ確実だと知っています。北條先生なら、薬を処方できますよね」

「待ってよ。俺と違ってあんたは藤宮の跡取りだろ。そんなことしたら番を持てなくなる……」

必要とする事がほぼなく、新薬の開発も進まないという理由もあって、アルファ用の薬は基本的に数が少なく副作用も強い。

特に避妊薬となると、最悪の後遺症はアルファ側の不妊だ。

——こんなヤツの将来がどうなったって、俺には関係ないのに。

どうして彼を気にかけるような事を言ってしまったのか自分でも分からず、澪は俯く。すると藤宮が優しく言葉を続けた。

「愛する人の不安を和らげることができるなら、私は気にしないよ」

酷い事を言った相手に、何故そんなに優しくできるのだろう。

——エリートアルファには弱いオメガを守る気質があるって聞いたけど。

それでも、自身の将来どころか藤宮一族の問題にもなることをあっさり決断した彼の意図をどう解釈すれば良いのか分からない。

これまで澪は、藤宮が接触してきたならすぐに訴えるつもりでいた。彼が車から降りて近づいて来たのを見て、まずこみ上げたのは怒りだ。

　澪の発情を医師に連絡する義務を怠り、フェロモンに流されるままセックスをした。隼斗を授かった事に後悔はないけれど、自身の将来設計を滅茶苦茶にされ正直、恨んでいないと言えば嘘になる。

　なのに今は、躊躇してる自分がいる。

　こうして藤宮が自分を気遣う言葉を聞いていると、胸の奥がふわりと暖かくなって、傍に居たい気持ちが強くなっていく。

　――これも、発情してるせい？　ああもう、訳わかんない。

　体の疼きと、藤宮への複雑な感情が澪を混乱させる。黙り込んだ澪に代わり、琴羽が藤宮に最終確認とも取れる質問をした。

「澪ちゃんの状態は、ご理解頂けましたね？」

「はい」

「この子からすれば、生涯で二度目の発情になります。抑制剤が効いているので、本能や衝動は抑えられていますが……恐らくフェロモンは前回より強い。そんな体を冷静に慰めて、心から愛するには強力な避妊薬が必要です」

「承知しました」

迷いのない返答に琴羽も安堵したのか、抱いていた澪の肩を藤宮へと渡す。

がっしりした腕に抱えられ、不覚にも澪は彼の胸に寄りかかってしまう。

「澪ちゃんを連れて、一緒に来てください」

反論する気力もなく、澪は目を伏せた。

藤宮が軽々と澪を抱き上げて、琴羽の後に続く。

――……琴羽さんがあんなに言うって事は……俺の体、本当にやばいんだろうな。

自覚はないが、琴羽の言葉を疑ってはいない。番になりたくないという澪の気持ちを理解した上で、この判断をしたのだ。

そう分かっていても、素直に身を委ねるのには抵抗がある。

「結城さんの部屋は、どちらですか？」

「お店の裏手にあります」

薬を渡すと、琴羽が藤宮をカフェの裏へと案内する。保護施設の事務所は、カフェと良治達の自宅を兼ねている。

そして保護されているオメガは、敷地内に建てられている平屋の簡易住宅を、当面の住居として使うことができる。

殆どの保護施設は都市部にあるので、どうしてもアパートや一軒家での共同生活になってしまう。その点、北條は広大な敷地を所有しているので、プライバシーを保つ生活が可能なのだ。

今回のような突発的な発情に備えて防音のアパートを建てるよりも、初めから個別の自宅に住んで貰う方が精神的にも落ち着くと琴羽が説明する。

「隼斗君はうちで面倒を見るから、澪ちゃんはとにかく発情を終わらせる事だけを考えてね」

「分かりました……」

もう嫌だとごねている猶予はない。藤宮と共に自宅に戻ると、澪は彼の胸に縋り付く。

「ありがとうございます……藤宮さん」

流石に避妊薬まで飲んでくれた藤宮を、責めるつもりはない。セックスには抵抗があるけれど、これも割り切るしかないのだ。

ベッドに横たえられた澪に、藤宮が覆い被さってくる。体は彼を受け入れる準備が整いつつあると分かり、澪は身悶えた。

——俺の体、藤宮さんを求めてる。

服と下着を脱がされると、一層熱が高まる。同時に酷く惨《みじ》めな感情がこみ上げてきた。

いったん口を噤《つぐ》んだ澪は、絞り出すように告げた。

「『運命の番』でもないのに発情するなんて、アルファなら誰でも誘う淫乱みたいで……っ」

発情しなければ、こんな事にはならなかった。一般的にはどのような状況であっても、アルフア側に自制が求められる。

けれどそれは、『運命の番』を前にした場合を想定した上での事だ。

「結城さんが淫乱だなんて思わないよ」

「けど俺は藤宮さんの番になりたいとか、思ってないのに、触られただけですごく感じてて。セックスだって二度目なのに、早く繋がりたいって思ってて……」

口にしてから、澪はとてつもなく恥ずかしい事を言ってると気づいて両手で顔を覆う。

「俺、やっぱりやらしいんだ。……普通じゃない……」

「おかしな事ではないよ。発情して混乱しているだけだから気にする事じゃない」

宥《なだ》めるように、藤宮が頭を撫でてくれる。そんな優しささえ、甘い愛撫と受け止めてしまう自身の体が怖かった。

「藤宮さん……」

この熱を消してくれる唯一の相手を呼ぶ。

「今は雅信と呼んで欲しい」

少し迷ってから、澪は初めて彼の名前を呼んだ。

「雅信さん」

名前を呼んだだけなのに、下腹部がきゅんと疼き後孔から愛液が溢れるのを感じる。オメガとしてアルファを受け入れる準備が整ったのだと、澪は理解する。

「抱いて、雅信さん。俺の事も、名前で呼んで」

「澪、君を抱くよ」

両脚の間に体を割り入れた雅信が、服を脱ぎ捨てる。逞しい体と、堅く張り詰めた雄を無意識に見つめてしまう。

オメガの本能に流されそうになるのを寸前で堪えながら、澪はどうしても譲れない一線を訴えた。

「……番のセックスじゃないって、約束してください」

どれだけ琴羽から念押しされていても、改めて直接彼の口から聞いておきたかったのだ。

——雅信さんは俺の前で避妊薬を飲んでくれた。でも……。

首輪を着けていても、発情した自分にはどれだけ注意しても不安が付きまとう。エリートアルファが本気を出せば、彼の子を産んだ自分は簡単に番にされてしまうだろう。

「約束するよ。これは君の発情を抑えるための、医療行為だ。君から出ているフェロモンは、薬のお陰で薄い。これなら私も理性を保っていられる」

冷静な口調で説明する雅信に、やっと澪は体の力を抜いた。

「ぁ、あ……お腹、急に……」

緊張が解けたせいか、疼く部分が広がる。

――はやく、欲しい。

内股に触れている逞しい雄で犯されたい。そんな淫らな願望に、頭が浸食されていく。いっそ本能に支配されてしまえば楽なのに、こんな状態でも抑制剤は僅かだが利いている。

「っふ……ぅ」

腰を掴まれ、澪は息を呑んだ。

自ら擦り付けたい衝動を抑えるので精一杯で、閉じられなくなった唇から甘いため息が零れていることにも気づかない。

「楽にして」

「だいじょぶ。だから……も、いれて……おねがい」

「挿れるよ、澪」

「っん……ぁう」

宣言と同時に、亀頭が後孔を割り開いて中へと侵入してくる。溢れ出していた愛液のお陰で、約三年ぶりのセックスだというのに挿入に全く痛みを感じない。

それどころか、アルファに征服される淫らな悦びが全身を歓喜させた。

――なか、全部擦られて……自分でするのと、全然違う。

この三年、発情こそなかったけれど、オメガとしての快楽を澪は忘れられなかった。奥まで蹂躙される深い快楽と、アルファと繋がることで生じる精神的な悦び。それらをどうしても我慢できなくて、ひっそりと自慰をした夜もあった。

けれど異物を挿れるのは怖かったから、オメガ用の医療器具は使わず指で入り口付近を触るのが精一杯だった。

でも今は、ずっと欲しかった快楽の全てを雅信が惜しげもなく与えてくれる。

「もう少し、だからね」

「なにが?」

「まだ途中なんだ。苦しくないか?」

言われた意味を理解して、澪は頬を染めた。満足する位置まで性器で満たされているのに、まだ雅信は全てを納めていないのだ。

恐怖より悦びが勝り、澪は自ら脚を広げた。

「もっと、気持ちよくして……よくしないと、許さない」

滅茶苦茶にされなければ、この疼きは収まらない。だったら開き直ってしまった方が楽だと覚悟を決める。

「ひ、っん」

無言で腰を進められ、深い場所まで先端が到達する。

「すごい……奥まできてる」

無意識に呟いて、澪は臍の辺りを撫でた。皮膚越しに硬い性器が感じられて、ぞくりと背筋が震える。

「可愛いよ、澪」

「余計なこと、言わなくていいから」

ぴったりと嵌まったそれが、体の中で脈打つ感触まで分かってしまう。

あり得ないほど敏感になっているのは、オメガとして発情しているせいだ。

「……ん……あ、ぅ」

少し腰を揺すられただけで、甘い吐息が零れる。

「馴染んだようだね。ゆっくり動くから――」

「ん……でも、もっと」

誘うようにしがみつき、両脚を雅信の腰へと絡めた。

――足りない……もっと、強いの欲しい。

挿れられただけでは、物足りない。奥を突き上げ、内壁を擦って欲しいと快楽が思考をかき乱す。

「っは、ぁ……して……奥まで沢山、こすって……焦らさないで……あっ、あ」

ずるりと雄が引き抜かれ、再び澪の中と埋められる。カリが前立腺を押しつぶし、断続的な悲鳴を上げた。

気持ちよくてどうにかなりそうだ。

雅信は内壁を何度か擦ってから、根元までぴたりと塡める。そして奥の敏感な場所を、小刻みに突き上げた。

「あぅっ、ひ……いくっ……いいの……すきっ」

感じる場所ばかりを狙って与えられる快楽に、澪はがくがくと背を仰け反らしながら達した。上り詰め、息を整える間もなく次の波が押し寄せる。

我を忘れて快楽に溺れていた澪だったが、耳元で囁く雅信の言葉で正気に戻された。

「やはり私は、君を愛してる。この気持ちは本当だ」

「うそ……『運命の番』じゃないのに、そんなことあるわけない……ッ」

ひくひくと下腹を痙攣させながら、澪は頭を横に振った。

オメガとして発情するのは『運命の番』に対してだけだというのは、誰もが知る常識だ。なのに自分は、一度ならず二度までも『運命の番』ではないはずの雅信に反応してしまった。

——俺……やっぱり、淫乱なんだ……。

悲しくて涙が零れるのに、彼を受け入れている部分は雄を離すまいと食い締めている。そして淫らな痙攣を繰り返して、射精をねだっている。

「だめ、なのに……どうして……どう、して……っあぁ」

ただ何も考えず、肉欲に溺れることができたら良かった。

澪は雅信にしがみつき、意識を失うまで快楽を貪り続けた。

翌日、雅信は高熱を出して寝込んでしまった。

本来アルファは病気になることが殆どないので、発熱という感覚自体が気力までも奪ってしまう。

「発熱というのは、厄介なものなんだね。三十八度を超えた辺りで、寝返りを打つのも辛くなった」

頭痛に加え、食欲もない。疲労は栄養補給と休養で治せると知識として知っていたが、そもそも酷く疲弊すると、眠ることや食べることさえ難しいと初めて知った。

「分析してないで、大人しくしていてください。熱を測ったら、食事にしましょう。お粥なら少しは食べられますか？」

ベッドの傍にある椅子には澪が腰掛けており、体温計を差し出す。

「君は大丈夫なのかい？」

「オメガの抑制薬は種類が豊富なんです。今回飲んだのは強いのでしたけど、ちょっとくらいの熱は慣れてるから平気です」

昨夜、セックスを終えてから意識のない澪の体をタオルで拭き、自分も手早く着替えを済ませた。その辺りから気怠さは感じていたが、特に気にせずベッドを整え、明け方に眠った。

次に目覚めたときには既に夕方で、起きようとしたのだけれど酷い目眩《めまい》で動くことさえままならない。

「後片付けなんて起きてからでもできるんだから、すぐに休めばよかったのに」

「気絶した君を、そのままにはしておけないよ」

「だからって、雅信さんが倒れたら意味ないですよ……熱、少し下がりましたね。さすがエリートアルファ。避妊薬をいきなり飲んで、この程度の副作用で済むのは珍しいらしいですよ」

褒めているのではなく、呆れているのだと声音で分かる。

「もっと重篤な症状が出るアルファもいるって、琴羽さんから教えて貰いました。……雅信さんは知ってたんですか？」

「知識としてはね。でも、私の事は気にしなくていいんだよ」

「酷い事を言ったのに。あんなに気遣ってもらって、ほっとけるわけないし。……それと俺の事、名前で呼んでいいよ。俺も名前で呼ぶから。その方が俺も、気楽に話せるし。……これでも一応、御曹司相手だから敬語だったんだけどさ」

そう言ってため息をつく澪の表情から、彼が複雑な心境にあると察した。

「しかし……」

「セックスの時だけとか、そんなのいくら医療行為でも都合良い関係っぽくて嫌なんだよ。あ、でも番になるつもりはないから」

澪なりに、雅信を強く拒絶したことを反省しているらしい。だが雅信からすれば、些細な問題だ。むしろ澪が自身を責めてしまわないかと、不安さえ覚える。

「だから……その……アルファ用の避妊薬飲む事になって、ごめんなさい」

「原因を作ったのは私なのだから、澪が謝る事ではないよ」

番になる事を頑なに拒みながらも、こうして自分の心配をしてくれる。

——何故拒むのか、いずれ話してくれるだろうか。

番にしたい思いは消えていないが、強引に奪うつもりはない。むしろ澪が選ぶ道を、雅信は可能な限りサポートしたいと考えている。


その後二日で、雅信の体調は戻った。

アルファ用の薬で副作用が出た場合、基本的には本人の体力次第で回復期が変化するのだと琴羽は言っていた。

論文などで似た事例を知っていたようだが、ここまで早い回復はかなり珍しく何度も血液採取をされたが、雅信に拒むつもりはない。いくら緊急事態で良治の許可が出たとはいえ、基本的に番のいないアルファが長時間滞在するなど許されないからだ。

半分実験材料のように扱われる雅信を労《いたわ》ってくれたのは、意外なことに澪と息子の隼斗だった。

ただし隼斗には、雅信が父親だと言わないよう澪から釘を刺されている。

いくら物わかりの良い子どもとはいっても、隼斗はまだ三歳だ。真実を告げても混乱させるだけなので、雅信も異論はない。

当初は警戒していた隼斗だったが、話しかければ答えてくれるくらいには懐いてくれている。

快復後、雅信は澪の気持ちを尊重し、再び距離を置こうと考えていた。しかし思わぬ所から意外な提案が為された。

「よければ暫く、こちらに滞在するつもりはないかな?」

大切な話があるからと呼び出された閉店後のカフェの片隅で、雅信は施設代表である良治と向かい合っていた。厨房からは明日の仕込みをする澪と琴羽の話し声が聞こえてくるが、内容までは分からない。

「宜しいんですか?」

まさか良治からそんな申し出があるなど考えていなかったので、向かいに座る雅信はつい身を乗り出す。

「澪君が発情してしまった以上、今離れると悪影響が懸念される。突発的な発情に備えて、藤宮君は留まるべきだと判断したんだ」

「しかし、澪は……」

「澪ちゃんには、僕から説明してありますよ」

コーヒーを運んできた琴羽が、カップをテーブルに置いて微笑む。

「ただし、滞在中はオメガとアルファについての知識を学んでもらう事になる。澪君と番関係を結ばなくても、今後の為に必要な知識だからね」

「勿論、学ばせて頂きます」

この三十年ほどで生まれた世代は、幼年期から薬の投与を受けているので第二の性の形にかかわらず、『発情』や『フェロモン』を実体験する事がほぼない。

『お見合い』で相性の良い相手と出会えたオメガは発情するが、抑制薬が効いた状態なのである意味不完全だ。

「これから澪君のフェロモンは、強くなるだろう。直接嗅げば、番のいないアルファは理性を保っていられない。だから兆候が出た時点で、離れるか強い抑制薬を飲んで貰うかの選択しかないんだ」

そう言われても、雅信は今ひとつ実感が湧かない。

これまで二度、澪のフェロモンにあてられた。確かに一度目は誘惑に抗えず抱いてしまったけれど、完全に理性が消失した状態ではなかった。

「納得いかないようだね。無理もない、君はエリートアルファで、一般的なアルファより冷静な判断ができる人間だ」

「ええ。最初の過《あやま》ちは二度と起こしません。約束します」

「それは傲《おご》りだよ。フェロモンを嗅いだアルファは、みな獣になる。体験しただろう？」

自身もエリートアルファの良治が、冷静に諭す。

「ともあれ、澪君が君を番として認めるか、あるいは新しい番の候補の目処が立つまでは留まって責任を果たしなさい」

「新しい番……」

「君が澪君を守りたいというなら、理想的な相手と引き合わせるのも『守る』ことの一つになるんだよ」

澪のように独身を貫くオメガがいる一方、死別などで独り身になるオメガもいる。その場合、子どもがいても番になりたいと希望するアルファは多いのだ。

それに一度発情したオメガは、定期的に訪れるそれを抑えるためにも番が必要になる。良治の言葉はもっともだと思うが、どうしてか雅信は頷くことができない。

——澪が私を拒むなら仕方がない事だ。無理に番にしないと、澪にも約束した……なのに、どうして気持ちが沈むのか分からない。

無言でコーヒーカップを見つめる雅信に、良治は何も言わない。

「仕込み終わりましたから、お店の電気消しますよ」

厨房から澪の明るい声が響く。

我に返って顔を上げると、正面の良治が意味ありげに肩をすくめる。

「君は信用できるアルファだと信じているよ。さてと、明日からはお店の手伝いもお願いするよ」


翌日から、雅信が琴羽の用意したエプロンを身につけ、店に出るようになった。良治が頼んだのだと説明はされたが、澪からすれば素直に喫茶店の手伝いを始めたのは意外でしかない。

「いいんですか、琴羽さん。雅信さんて、偉い人なんでしょう?」

「本人がやるって言ったんだから、大丈夫だよ」

とはいえ、接客などしたことがないのは一目瞭然で、お客が訪れても挨拶一つできない始末。

店のことは基本的に澪が任されているから、自然と彼の教育係をするほかなかった。

最初は反発するかと身構えたけれど、幸いそれは杞憂に終わる。

「お客さんは地元の方が多いけど、気を抜かないで丁寧な接客を心がけてください。挨拶は基本、オーダーは復唱すること」

「分かりました」

自分より年上の、ついでに言えば働かなくても食べていけるような立場の雅信に指示するのは、少しだけ怖かった。

けれど雅信は澪の指摘をきちんとメモに取り、一度失敗したことを二度繰り返すことはない。お客のいない時間はメモを見直し、琴羽や澪に確認を求めてくる。

——真面目な人なんだな。

アルファの中には、自身が特別な存在だとひけらかす者も少なくない。それに彼等は、基本的にホワイトワーカーに属するので、肉体労働を見下す傾向にある。

意図して見下さずとも、雅信のように立場上かかわる事が少ないのが現状だ。

三日も経つと接客にも大分慣れて、一番お客が入るランチタイムにも戦力として十分使えるまでになっていた。

「お疲れ様。お客さんも一段落したし、休憩しよう」

ハーブティーを運んできた琴羽が、澪を促す。

「最近彼とよく話をしてるね」

「……悪い人ではないんだなって、分かったので。隼斗も懐いてるし。友人として付き合う分には、良い方だと思います」

雅信は良治と一緒に街へ買い出しに行っており、店内には琴羽と澪。そしてベンチで微睡んでいる隼斗の三人だけ。

突然雅信がやってきてから怒濤の五日間だったけれど、あっという間に彼はこの生活に馴染んでしまった。

何より驚いたのは、警戒していた隼斗が雅信と遊ぶようになった事だ。空いた時間は一緒に絵本を読んだり、子供用のゲームをしたりして構ってくれるので、澪としても助かっている。

夜には突発的な発情に備えて琴羽の所に預けているけれど、今のところは特に何もなく過ごせていた。

「顔色もよくなったね。よかった」

「そうですか？」

「オメガはね、番がいると安定するんだ。澪ちゃんは発情を経験したから、特定の番を持たなくても定期的に行為をした方がいいと思うよ。できれば雅信君みたいに、相性の良い人が望ましいね」

そう言われても、澪は答えられない。彼に対して、発情を抑えるためのセックスをして貰った件に関しては、感謝の気持ちはある。けれど番になるかと問われれば、話は別だ。

「つまり、これからはセックスしてないと不安定になるって事ですか」

これではまるで、自分が徐々に淫乱になっていくようで澪は一抹の不安を覚えた。

「そんなに否定的に考えなくていいんだよ。おかしな事じゃないからね。体質によって差もあるけれど、番を持つことで免疫力が上がったり、仕事のパフォーマンスが向上した例も多く報告されてるんだ。悪いことばかりじゃないんだけど……発情に関してはネガティブなイメージが定着してしまっているから、不安になるのも仕方ないか」

医師である琴羽が言うのだから、本当なのだろう。

でもまだ、割り切ることはできない。

番を持たないオメガは一定数いるけれど、彼等は抑制剤を飲んでいる。しかし二度も発情した上に、子どもまで産んだ澪はホルモンバランス的に『番持ちのオメガ』に近い。

「……今でも不思議なんですけど、抑制薬と避妊薬を飲んでたのに、なんで妊娠したんだろう」

隼斗を産んだことに後悔はない。ただあの日は万が一のことを想定して、事前に抑制薬と避妊薬を飲んでお見合いに行ったはずなのだ。

「発情だって起きるはずないのに。雅信さんがエリートアルファだからなのかな」

「少し違うよ」

珍しく、琴羽が真面目な口調になる。

「一般的に流通しているオメガの避妊薬は、確実に妊娠を防げる物ではないんだよ。特に発情した状態だと、妊娠の確率は高くなるんだ。初めての発情で子どもができたのは、澪ちゃんと雅信君の相性が良かったからだね」

こういう相手とセックスしてしまうと、今後はより強い抑制薬を使う必要がある。副作用も強く、勧められないと琴羽が続ける。

「本来なら、番になったほうがホルモンも安定するのだけれど……」

また番の話になりそうだったので、澪はさりげなく話題を逸らす。

「琴羽さんは、オメガの専門医だったんですよね。どうして辞めちゃったんですか」

「僕は医師の資格はあるけれど、研究の方がメインだったんだよ」

琴羽も澪の意図を察してくれたのか、あえて振られた話題に乗ってくれた。

「そろそろ君にも、話さないといけないね。僕は抑制薬の開発に携わっていたんだ。その開発の過程で『番遺伝子』が発見されて、現在のお見合い制度に応用されてる」

「え、それ歴史の教科書に載ってるあれですよね。琴羽さんが発見者だったんですか！」

オメガでなくとも知っている、まさに歴史的発見と呼ばれるものだ。その年の様々な化学賞は、全て『番遺伝子』発見者が占めたと言っても過言ではない。

「ああ、僕一人が発見した訳じゃないから、誤解しないでね。ともかく僕としては抑制剤そっちのけで、『お見合い制度』に舵を切った政府と会社の方針が不本意でね。結局、研究所を辞めちゃった。その研究施設に資金を出していたのが良治なの」

「もしかして、『北條製薬』の社長さんだったんですか！　俺、そんな偉い人に今まで『事情は話したくない』とか、失礼な事言っちゃったよ……どうしよう」

「気にしないで。ここに来る子達はみんな気が立ってるし、澪ちゃんみたいな反応が普通だから慣れてるよ」

二人は慈善で保護施設の運営をしていると思っていたし、彼等も過去をひけらかすことをしなかった。

澪も気持ちが落ち着くまで自分の事情を話さなかったので、良治達が何故施設を立ち上げたのかなど聞いたことがなかったのである。

「大体良治は子ども達に会社を譲ってとっくに引退してるから、偉くもなんともないよ」

「あの、じゃあ琴羽さんと良治さんて……」

「僕が北條製薬の研究員時代に、番になったの。当時はオメガで研究員になれたのは、良治が贔《ひ》屓《い》したからだとか陰口を言われたよ」

それでも発見したグループの主要メンバーとして名を連ねることができたのは、琴羽の実力を周囲が認めたからだ。

たった数十年ほど前までは、オメガへの偏見は今の比ではなかったと澪も知っている。そんな中で理不尽な重圧に負けず研究を続けた琴羽はやはり凄いと純粋に思う。

「運命の番を見つけられる画期的な発見だって、教科書にも載ってますよ」

それまでもオメガは手厚い保障を受けていたし、抑制薬もあった。しかし番遺伝子の発見と完全抑制薬が同時に発表され、それこそ第二の性に関して世界が大きく変化したのは事実だ。

現在では多くのオメガが、自分の意思で自立を選ぶことができる。番になる人生を選んだ場合でも、確実に『運命の番』と呼ばれる強い結びつきを持つアルファと出会えるのだ。

「琴羽さん達が『番遺伝子』を発見してくれたから、幸せになるオメガが増えたんですよ。俺はアルファと番になりたくないけど……『番遺伝子』のお陰で、抑制薬も色々開発されたんですよね。だから番を拒む権利が持てたのは事実だし、希望が持てます」

全てのオメガの未来を切り開いてくれた、まさに神様のような存在なのだ。

しかし琴羽は、どうしてか首を横に振る。

「あの方法は、完璧ではないんだ」

「どうしてですか?」

「確かに遺伝子上の相性は良い。でもね、本来『運命の番』は一人だけなんだよ。それに対して番遺伝子の場合は、複数人が該当するんだ。だから僕を含めて、あの方式でマッチングした相手を『運命の番』と認めていない研究者は少なからずいるんだよ」

琴羽曰く、『番遺伝子を使用したお見合い』は、間違ってはいないが、正解でもないとの事らしい。

何より番としての正しいあり方を否定されていると、琴羽が呟く。

「以前は確かに事故もあった。けれど『運命の番』でなくても、お互いに気持ちを尊重して、番になる事の方が多かったんだよ。法律が施行されてから、オメガは十八歳になれば殆どが『お見合い』をして番になるでしょう？　でもアルファは、オメガを保護する確実な財力を得るためという建前で、好きなときに『お見合い』に参加できる」

『お見合い』に関して深く考えたことのなかった澪は、琴羽からの指摘に初めて疑問を持った。

「前よりオメガの自由は、減ってるって事ですか？」

「そうだね。ただし今番になっている人達を、間違っていると言うつもりはないよ。でもね、僕は素直に頷けない。原因を作った一人なのに……」

「琴羽さんは、なにも悪くないですよ。俺は番を持ちたくないけど、相手を探すオメガにとっては安心して番を持てるいいシステムじゃないですか」

強引に噛まれる事故が減り、確実に相性の良い相手と番になれる『お見合い』制度は実際画期的だ。

救われたオメガも多数いる。

「ありがとう、澪ちゃん」

励ます澪の言葉に琴羽が微笑むが、何処か憂いが感じられた。そしてゆっくりと顔を上げ、澪を見つめる。

「澪ちゃんには、自分の気持ちを大切にして欲しい。たとえ『番遺伝子』の相性が悪くても、オメガとアルファは本当に惹かれる相手が分かるんだよ。僕はそれを――」

「んーっ……おかーさん……」

琴羽の言葉が終わる前に、隼斗がむずかるような声を上げた。

「ごめん、声が大きかったね」

「いえ、そろそろ起きる時間だったし。隼斗。おやつ食べようか」

「……うん」

エリートアルファと言っても、まだまだ子どもだ。起き抜けは普通の三歳児とさして変わらない。不機嫌になる前に食べ物で釣ってしまおうと、澪は隼斗を抱き上げて膝に乗せた。


カフェの手伝いを良治から打診された当初、これまで幾つも困難な商談を纏め上げてきた雅信でさえ流石に戸惑った。

仕事が嫌だという理由ではなく、雅信はこれまで接客業を経験したことがなかったので、自分が店に出ることで澪達の負担にならないかという不安が大きかったのだ。

懸念したとおり、初日は挨拶もできず戸惑うことばかりだった。

「声、お客さんに反応してきちんと出せるようになったね」

「まだ少し、照れくさいけれどね」

「大丈夫。この調子なら、すぐに慣れるよ」

施設を訪れた日、自分を強く拒絶したとは思えない穏やかな口調で澪が励ましてくれる。

パティシエを目指していたという彼は、新しいデザートメニューを日々試行錯誤しながら作っている。

洋菓子に和菓子。時には珍しい外国のお菓子などのレシピをネットで調べ、独学で作るのだ。

この三年間、『れもん』で働いた実績と良治の用意した参考書で、製菓衛生師の国家資格を取ったと聞いたときには驚いた。

「さてと、来月の新作の試食をお願いします。感想も仕事の一つだから、真面目に答えてね」

デコレーションされたプレートを笑顔で運んでくる澪は、見惚れてしまうほど可愛らしい。

こうして一緒に過ごすようになって分かったのは、彼が仕事に対してとても真摯な姿勢で取り組んでいるという事だ。

幼くして乳児院に預けられた澪は、年に一度クリスマスにみんなで食べるケーキがお気に入りで、いつか自分で作りたいと思うようになったと聞いている。微笑ましく純粋な将来の夢だが、それを自分は結果として踏みにじってしまった。

「ぼーっとしてないで、早く座って」

「すわって、まさのぶおじちゃん」

澪の足下から、隼斗が顔を覗かせる。

未だに自分が父だと伝えることは許されておらず、『良治の友人』と紹介されていた。元々物怖じしない性格なのか、隼斗は雅信を警戒しつつもこうして話をするようにはなっている。

「プチケーキの三種盛り合わせ、クランベリーソースを添えて。レストランじゃ定番みたいなラインナップだけど、基本は大事かなと思って」

「私と隼斗君が試食係でいいのかい？」

「良治さんと琴羽さんには、夕食後に出すから。今は、本番前の試食って事」

料理全般を任されているとはいえ、やはり最終判断は良治達にある。

「ちゃんと感想言わないと、怒るよ」

冗談めかして言う澪に、雅信は頷く。まるで昔からの友人みたいに接してくる澪は、これまで出会ったオメガとは全く違っていた。

最初に出会ったときもそうだが、澪は一切雅信に対して物怖じしなかった。抱いてしまってからも、自身の主張を曲げることなく真っ直ぐに生きている。

——前に向かって努力している彼を見て、自分のしたことの重大さを考えるべきだと、良治さんは仰っていた。

自分に澪の料理を食べる権利があるのだろうかと良治に相談したが、悩むこと自体がおこがましいのだと一蹴《いっしゅう》された。

どれだけ胸が痛んでも、雅信は謝罪することも許されないのだ。そんなことをしたって、時間は巻き戻せない。

何より澪の自尊心を傷つけることになる。

「レモンパイと、ピスタチオのモンブランは新作。イチゴのショートケーキは、定番として付けたんだけどバランスはどう？」

「おれは、ぜんぶすき！」

「私も隼斗君と同じ意見だ」

「隼斗はともかく、雅信さんは大人なんだからきちんと感想を言って！」

屈託なく笑う澪だが、決して自分が許された訳ではないと雅信は自覚していた。こうして他愛ない会話をしてくれるのも、雅信が『番にしない』と約束したからだ。

彼本来の素直で明るい姿を知る度に、自分の罪の重さに胸が苦しくなる。だがそれを、表に出すことも澪に謝罪する権利すらない。

それが、雅信の罰なのだと良治と琴羽は言っていた。

「どう？」

「美味しいよ。新作も、ショートケーキも絶品だ」

これはお世辞ではなく、本当だ。澪の作るスイーツはどれもほどよい甘さで、バランスが取れている。

盛り付けも可愛らしくて、最近は旅行客がSNSに画像を上げてバズることもしばしばあるらしい。カフェの経営は、保護したオメガが気楽に働けるようにと琴羽が提案して併設された物だが、澪が来てからは月替わりのスイーツが評判になって観光スポットになりつつある。

幸い最寄り駅から離れているのと、車でしか来られないので、そう簡単に観光客は来られず平穏は保たれていた。

「……バニラの分量を変えたかな？　レモンも、風味がまろやかになっているね」

「よく分かりましたね。エリートアルファって、味覚も鋭いんですか？」

「味覚は分からないけれど、澪の作ったケーキのことなら全て記憶しているよ」

番ではなとくも、大切な相手の作るスイーツの味を忘れるわけがない。

雅信としては当然のことを言っただけだが、どうしてか澪は赤面して黙り込む。何か不快にさせてしまったかと焦り、言葉をかけようと雅信が口を開く。

けれどそれは、ドアの開く音に遮られてしまった。

「いらっしゃいませ！　あ、四箇田《しかだ》さん。お仕事は？」

「担当先に行って直帰、って事で出てきた」

「そんなことして、大丈夫ですか？」

「いいのいいの。俺優秀だから、仕事は終わらせてきたし」

入ってきたのは、スーツ姿の男だった。親しげに話す二人を前に、何故か気持ちが苛立《いらだ》つ。

「そろそろ来月の試食ができる頃かなと思ってさ。我慢できなかったんだよ」

「すぐに用意するから、座ってください」

「あ、ひろきおにいちゃんだ。おれこーひー、もってきてあげるね」

「ありがとう、隼斗君」

ケーキをぺろりと平らげた隼斗が、子ども用の椅子から飛び降りて四箇田の傍に駆け寄る。どうやら相当隼斗に気に入られているのは雅信にも分かった。

——見かけない顔だな。それに……こちらでは珍しいアルファだ。

田舎町なので、数日も滞在すれば住人の顔は殆ど覚えることができた。しかし自分より少し若いと思われる彼は、一度も見たことがない。

何より地方の街に若いアルファが住んでいる事自体、珍しいのだ。

地方で生まれたとしても、殆どは就職で都会に出る。企業としても優秀な人材は確保したいので、アルファは好待遇で迎えられるのだ。

丁度、雅信とは対角線上にあるテーブル席に座った四箇田が、ちらりと視線を向けてきた。けれど特に何も言わず、キッチンの澪と会話を続ける。

彼が意図的に、雅信を無視したことくらい理解できた。

——歓迎されていないという事か。

エリートアルファとはいえ、万人から受け入れられる訳ではない。

澪のようなタイプは初めてだったが、この四箇田のように同じアルファから敵視されるのは慣れている。

「ねえ結城君、どーしても番を作る気ないの？　俺とかどう？」

「またその話ですか？　俺は自立して生きていきたいんです。それに四箇田さんだったら、お見合いでいくらでも相性のいい人を見つけられるんじゃないですか？」

「それが上手くいかないんだよねー。俺の運命の相手って、数が少ないみたいでさ。よければ今度、正式に『お見合い』してみない？」

「俺と四箇田さん？　合わないですよー。それに俺は誰とも番にならないって、何度も言ってるでしょう」

「いや、俺本気なんだけど」

笑っていなす澪は、四箇田の申し出を冗談だと思っているようだ。

しかし雅信は、四箇田の目が真剣だと気付いてしまう。だがそれ以上に、澪に相手が誰であれ番を持つ意思がないと知り少なからずショックを受ける。

――相性の問題以前なのか。

子どもを産んだオメガは、抑制剤を使っていても本能的に番を求める傾向が強い。それは統計上でも確認されている事実だ。

強引に関係を持った自分を、澪が拒絶するのは仕方ない。だとしても、友好的な関係の四箇田さえあっさりと断るのは、ちょっとやそっとの誘いでは揺るぎもしない、確固たる覚悟があるという事だ。

――子どもを産んでも、番を持たないオメガは、心身共に不安定になる。それでも君は、自立して生きていくつもりなんだね。それならばせめて番になれなくても、澪と隼斗君は私が守らなくては。

現状、自分が澪に選ばれる可能性は低いと認めざるを得ない。それでも雅信は、可能な限り二人を守ろうと改めて心に決める。

「――新作、いいんじゃない？　我が儘言うと、ショートケーキとプリンを選べるようにしたら嬉しいかな」

「なるほど。予算確認して、考えてみます」

楽しげに会話をする二人に、どうしても嫌な気持ちがこみ上げてくる。こんな醜い感情は、雅信にとって初めて知るものだ。

――気分が悪い。

胸に渦巻く感情は怒りに近いが、自分が怒るような事は何も起きていない。むしろ澪に気楽に話のできる友人がいると知り、喜ぶべきだろう。

視線を逸らし、残っていたショートケーキのイチゴを口に運ぶ。

「顔色が悪いけど、大丈夫ですか？」

「あ、ああ……」

いつの間にか四箇田がテーブルを挟んだ向かい側に座っており、雅信は困惑気味に彼を見つめる。

「貴方がずっと俺を睨んでるから、いつ結城君が気づいてしまうかヒヤヒヤしましたよ」

そんなにあからさまだったのかと、雅信は自分に呆れてしまう。

「変に思われるとマズイだろうから、結城君にパンケーキ注文しました。二十分くらいはキッチンから出られませんよ」

「申し訳ない」

「……挑発したんだけどなあ。エリートアルファはやっぱり懐が深いね。とりあえず、改めて自己紹介しますね。俺は四箇田広毅《ひろき》。市役所の第二性保健課に勤めてます」

何処か拍子抜けした様子の四箇田が名刺を差し出す。流れで雅信もポケットから名刺を出して渡すと、四箇田が僅かに目を見開く。

「へえ、藤宮商社の……エリートアルファなのも納得できる」

声にはあまり良い感情が含まれていないと分かるが、同じアルファから悪意を向けられることに慣れれているので特に何も感じない。

黙っていると、四箇田が声を潜める。

「番にしたい相手が他のアルファと話しているだけで過剰に感情的になるのは、アルファとして正常な証拠だ。なのに藤宮さんは、俺が指摘しても平然としている。エリートアルファの余裕かと思ったけれど、なんか妙だから気になっててね」

「妙、とはどういう事かな」

雅信の疑問には答えず、四箇田が一方的に続ける。

「俺と結城君の遺伝子判定は、問題ない。点数だけなら、番として合格だ。彼が受け入れてくれるなら、すぐにでも番になりたい」

「私と君は、ライバルという事だね」

澪の幸せを願うという点では、お互い目標は一致していると思ったので雅信は素直な気持ちを口にする。

しかし四箇田の反応は、意外な物だった。眉を顰《ひそ》め、あからさまな敵意と侮蔑を雅信に向けたのだ。

「ライバル？　そんな生ぬるい考えで、番を持とうと思ってるのか？　それとも、エリートアルファが命じれば、オメガは番候補を捨てて従うという下劣な考えの持ち主なのか？」

穏やかだった四箇田が突如態度を一変させたので、流石に雅信も困惑を隠せない。

「いきなり何を……」

強い言葉に、雅信は返答に詰まる。どうして初対面の四箇田から、ここまでの敵意を向けられるのか理由が分からない。

「本気で欲しいなら奪え。番も子も、掻っ攫うくらいの気持ちでいろ。でなけりゃ俺が、結城君を番にする。今のあんたじゃ、結城君と隼斗君を幸せにはできない」

断言されて、雅信は四箇田を睨む。

喉の奥から獣のような唸り声がこみ上げてきて、目の前の四箇田を殴り飛ばしそうな衝動に駆られた。

「アルファらしい表情が、できるじゃないですか」

「……四箇田君……？」

「ひろきおにいちゃん、ぱんけーきやけたって。そーすなににする？　……まさのぶおじちゃん、どうしたの？」

可愛らしい声が、寸前で雅信に理性を取り戻させてくれる。四箇田のジャケットを引っ張る隼斗が、不思議そうに二人を見上げていた。

「何でもないよ。えっとソースはね、隼斗君スペシャルでお願いします。一緒に食べよう」

「りょーかい」

ニコッと笑う隼斗に、蟠っていた怒りは一瞬で吹き飛んでしまった。

「藤宮さん、あんまり自分を抑えてると良いことないですよ」

そう告げると、四箇田は踵《きびす》を返して元の席に戻ってしまった。程なくキッチンから澪がパンケーキを運んできたので、なんとなく話しかける雰囲気ではなくなってしまう。

三人で楽しげに話している姿を見ているのが辛くなり、雅信はそっと席を立ち外に出た。

――アルファらしい表情、か。

これまで雅信は、強く何かを欲しいと思ったことがなかった。

自身の育った環境が非常に恵まれたものだという理由もあるが、エリートアルファである自分が他者から何かを奪うなど、卑劣極まりないと両親から繰り返し教えられていた。

けれど生まれて初めて、自分が澪に対して強い独占欲を抱いていると気づいてしまった。

単純に番にしたいというだけでなく、支配して自分だけのものだと刻みつけたい。

――私は、何を考えているんだ。

愛しい者の意思を無視して、強引に番にするなどあってはならない事だと頭では分かっている。

なのに恐ろしいほどの欲望が、確かに自分の中に存在していた。


カフェに四箇田が訪れた日の夜、雅信の様子は明らかにおかしかった。澪が声をかけても上の空で、ずっと何かを考え込んでいた。

――隼斗は雅信さんと四箇田さんが何か話してたって言ってたけど、聞けるような雰囲気じゃないし。

どうしたものかと悩んでみても、理由が分からないので澪には何もできない。

変に気遣っても誤解されそうだから、澪はあえて素知らぬ振りで接していた。だが夕食後、隼斗を琴羽の元に送って戻ってみると、そこには何故かエプロン姿の雅信が待ち構えていたのだ。

どこか思い詰めた様子にどう声をかけて良いのか戸惑っていると、徐《おもむろ》に雅信が頭を下げる。

「お菓子作りを教えて欲しい。少しでも、君の手伝いをしたいんだ」

「本気なんですか？　手加減しませんよ」

「君の方針に従うよ」

エリートアルファの特性なのか、それとも雅信の性格なのか。一度決めると、大真面目に取り組む性質があるのだとこの数日で目の当たりにした。

接客に関して言えば、琴羽と澪の教えたことは全てメモを取り、翌日にはマニュアル化した冊子に纏めて持ち歩いているほどだ。

何ごとも完璧にこなすエリートアルファが真剣に打ち込めば、すぐにプロと遜色ない働きをするのだと、琴羽も言っていた。

——なんでいきなり、こんなこと。でも断っても引き下がりそうにないし。

ため息をつく澪に、雅信が更に深く頭を下げた。

「貴重な時間を割いてしまって、申し訳ない。基本的な事だけ教えてもらえたら、後は自分で調べるから……」

「これまで料理作ったこと、ある？　ないよね？　そんな人に勝手に厨房を触られたら、俺が困るんだよ」

いくらエリートアルファでも、料理初心者となれば話は別だ。勝手にしろ、と突き放すのは簡単だけれど、その後の惨状が目に浮かぶ。

項垂《うなだ》れる雅信の手を引き、澪はキッチンに向かう。試食用のスイーツはカフェの厨房で作るけれど、その前の段階までは自宅で製作している。

「約束してください。俺の指示は、絶対だからね。お菓子作りは計算。まずはレシピ通りに作ること。道具は丁寧に扱って、こまめに洗う。守れる？　一度でも適当なことをしたら、二度とキッチンには入れません」

「ああ」

大真面目に頷く雅信に、澪は複雑な気持ちになる。

――この人、藤宮商社の御曹司なんだよな。……エリートアルファに、こんなことさせていいんだろうか？

相手が希望したこととはいえ、ちょっと気が引けてしまうが当の本人はすっかりやる気になっている。

材料を確認すると、澪は『ショートケーキ作り』を雅信に提案した。指示は澪が出すけれど、作る過程の全ては雅信にさせるつもりだ。

——簡単そうに見えてるんだろうけど、どこまでやれるかな。

けれど澪が考えていたよりずっと、雅信は真面目にケーキ作りに取り組んだ。結果として、想定以上のケーキができあがり、澪は素直に感心する。

「初心者にしては、上出来だね」

「澪の教え方が上手だからだよ」

クリームの上にイチゴをのせて、ホールのショートケーキが完成する。

「今度はシュークリームに挑戦したいな」

——皮がぺしゃんこになったシュークリームを作って、がっかりする未来が見えた気がする。

余計なことを言ってやる気を殺《そ》ぐのも何なので、澪は聞かなかった振りをした。

「折角作ったんだし、食べよう」

手際よく切り分けると、お皿に盛り付けてテーブルに置く。察しの良い雅信が、その間に紅茶を淹れてくれた。

この数日で、色々と気配りができるようになってきていると、改めて感じる。

「美味しい」

「それはよかった」

一口食べて感想を伝えると、ほっとした様子で雅信が満足げに微笑む。基本的に、彼は善人だ。アルファの中にはその特性を自慢するような人もいるけれど、彼は全く己の力を誇示しない。

このケーキ作りだって、澪と知り合わなければ一生することがなかったはずだ。

「正直、途中でちょっとでも手を抜いたり面倒そうな顔をしたら、叩き出そうと思ってたんです。……エリートアルファって、真面目なんだね。ちょっと見直した」

嫌みを言っても、雅信は怒る素振りもない。それどころか、澪の評価を真摯に聞いている。

「お店の手伝いだけでも十分なのに、どうして急に？」

「君が将来目指していた職業のことを、少しでも知りたかったんだ」

「え？」

「澪の未来を奪って、すまなかった」

改めて将来の可能性を奪ったことを謝る雅信に、澪はため息をつく。

「そういう事か……でも、もういいよ。今更謝られても、時間が戻るわけじゃないから」

フォークを置いて、澪は姿勢を正した。

「俺の方こそ、酷い態度をとってすみませんでした」

良治の施設に保護され隼斗を産んでから、しばらくの間澪は心身共に不調に陥った。どうにかパティシエの勉強に取り組めるまでに回復してからは、澪なりに自分を犯した『藤宮雅信』という男の事を調べてみたのである。

歴史ある商社の御曹司という事もあり、表に出る事は少なかった。縁のない経済雑誌や海外のインタビュー記事などをかき集め、良治達にも協力して貰ってどうにか大まかな人物像を摑めたのは一年ほどが過ぎてからだ。

「あなたのこと、前にネットで調べたんです。それで……」

正直に伝えると、雅信が気まずそうに目を伏せた。

「ああ、ネットメディアのインタビューを見たんだね。だったら仕方ない」

その中で一番澪が気になったのは、ネットでのインタビューだった。雅信の『跡継ぎが欲しい』という問題発言を知ったのもネット記事からだったので、よく覚えている。

「あの発言、結構叩かれてましたよね。他にも色々言われてて、俺は隼斗の事があったから、もっと炎上しろとか考えちゃいましたけど。気にならないんですか？」

『跡継ぎ』発言に関しては、親戚達へのカモフラージュだったと誤解は解けている。とはいえ、他にも重箱の隅をつつくような酷い悪評が流されていたのも事実だ。そして澪は、その悪評も信じてしまった。

「エリートアルファには、ままある事だからね。否定してもそれが火種になるから、反論はしないことにしているんだ」

本人は気にしてないのか、訂正すらしない。その態度から本当なのだと澪は判断した。

「その、私からも聞いていいかな？」

「どうぞ」

何を言い出すのかと身構えたが、続いた言葉に澪は拍子抜けした。

「初めて君に会った日、私が君に失礼な行動を取ったことを踏まえて聞きたいのだけれど。逃げ出したくなるほど、酷い行為を強いてしまったのだろうか？」

「そりゃ無理矢理だったけど……俺もフェロモンが出てたし……その、行為自体は気持ちよかったよ。でも俺は雅信さんでなくても番になるつもりはなくて、それで逃げたんです」

素直に答えれば、あからさまにほっとした表情を浮かべる雅信に小さく笑ってしまうが、幸い気付かれる事はなかった。

「君を傷つけてしまっていないか、ずっと不安だった。いや、傷つけたのは事実だが……」

「言いたいことは分かるよ。単純に、性行為での怪我があるかないかって事だよね？　初めてだったけど、雅信さんは優しかったし……やっぱり慣れてるんですか。ああいうの」

口にしてから澪はしまったと口を押さえる。

——何言ってるんだ俺！

別に彼の恋愛遍歴など、自分には関係がない。まるで面倒くさい恋人の尋問みたいだと、自分に呆れてしまう。

だが雅信は気を悪くした様子もなく、素直に答えてくれる。

「恋人はそれなりにいたよ。でも君と『お見合い』をした時は、フリーだったから安心してほしい」

「いや、別に雅信さんが誰と付き合ってても関係ないし。雅信さんはエリートアルファだから、オメガだけじゃなくてベータからもモテますよね」

誤魔化そうとして、益々余計なことを口走ってしまう。

——やばい。流石に失礼だろ、俺の馬鹿。

いくらなんでも今の発言は失礼極まりない。真っ赤になって俯くと、雅信が意外なことを語り出す。

「丁度良い機会だから話しておこう。……実はその、私は何度もオメガから性的なアプローチを受けた事があってね」

雅信ならばそういった事はよくある事と、澪も納得できる。社会的地位のあるアルファと番になる事を夢見るオメガは、今でも多い。

「でも君は逃げただろう？　すぐに保護施設に入ったし、本気でアルファを嫌っていると知って……だから、君を行為の最中に傷つけてしまったか、あるいは別の何かがあるのではと考えていたんだ」

「雅信さんて、真面目だよね」

番に固執しても、己の行動を振り返るようなアルファは珍しい。というか、本音《ほんね》では、一度番ったオメガが逃げるなど、考えもしないのがアルファだ。

「アプローチして来た人の中には『お見合い』の相手もいたでしょう？　どうしてその人を、番にしなかったんですか」

お見合いで合意があれば、その場でセックスをして番になる。そのために政府側も、お見合いの場をホテルの個室に設定しているのだ。

有り体に言えば、セックス前提のお見合いである。

遺伝子的に確実に相性の良い『運命の番』と引き合わされるのだから、澪のように余程強い意志を持っていなければ殆どは発情して番になる。

だから疑問をぶつけると、急に雅信の歯切れが悪くなった。

「……自分でも、よく分からないんだ――」

雅信曰く、お見合いが破綻した後も連絡を取ってくるオメガに対して、すぐに断りを入れていた訳ではないらしい。

まずベータ達のような恋人同士として、付き合ってみようと雅信から提案する。最初はオメガ側も納得するのだが、数日もすると雅信と番になろうとして強引に迫り出すので、結果として別れてしまう。

「オメガに反応しない体質なのかと思って、ベータと付き合ってみたりもした。けれどどうにも上手くいかなくてね」

エリートアルファは、当然だがベータからも求婚される。子どもはできにくいが、相性が良ければ確率はゼロではない。

しかしベータも結局は雅信と正式な番になる事を求め、オメガと同じように強引に子作りをせがむようになってしまう。

「子作りが優先されるのは、理屈では分かっているよ。けれどそればかりを求める関係は、私自身が納得できなくてね。だから番は持たないと決めていたんだ」

「雅信さんも、俺と同じ考えだったたって事？」

頷く雅信にならば何故、自分を犯したのかと疑問が頭をよぎる。いくらフェロモンが出ていても、雅信ほどのエリートアルファなら自制心が働くはずだ。

何より雅信の言い分が本当なら、彼は『体だけの関係』を嫌っている。

——矛盾してるけど、嘘を言ってるような感じじゃないし。

本来アルファは『運命の番』であるオメガにのみ独占欲を持つので、雅信の行動は不可解なことばかりだ。

間違って出会った澪のフェロモンにあてられただけでなく、三年という期間を経てもまだ諦めずにいる。

「政府の方針でアルファは『お見合い』での番を推奨されてるから、私が番を娶《めと》らなくても親族も強く口出しができない状態が続いていた。そんな時、偶然澪に出会ったんだ」

ぞわりと、背筋がざわめく。

いくら雅信が紳士的でも、どうしたってオメガとアルファの関係は絶対だ。彼が意図しなくても、番として狙われていると本能で察してしまう。

どうにか話題を変えようとして、澪はケーキをつつきながら話を逸らす。

「思ってたんだけれど、雅信さんて詰めが甘いって言われませんか？」

「そんなことを言われたのは初めてだ。どうしてそう思うんだい？」

「だって俺が雅信さんを訴えたら、敗訴は確実だよ。藤宮ほどの家柄なら、裏から手を回して誘拐だってできたのに。どうしてわざわざ、雅信さんが来たんですか？」

これは常々、感じていた疑問だ。この保護施設は、北條製薬がバックについているも同じだ。いくら雅信でも、正面から会いに来ればリスクばかりだと澪にだって分かる。

話し合うつもりで来たとしても、良治が説得しなければ澪は確実に通報していた。

「言われてみれば、その通りだね」

真面目に頷く雅信に、拍子抜けしてしまう。言い訳めいたことを言われれば、心のどこかで彼を許しそうになっている自分に『やっぱりアルファは利己的だ』と現実を突きつけられただろう。なのに雅信は、人の良い笑みを浮かべてよどみなく告げる。

「君にはきちんとした手順を踏んで、会いたかったんだ。それで通報され罰を受けるのなら、当然だろう」

「本気で言ってるの？」

「勿論」

性交していないならともかく、一度関係を持ったオメガに対してアルファの執着は凄まじいと聞く。特にエリートアルファが相手ともなれば、生半可な覚悟では逃げ切るなどまず無理だ。それこそなりふり構わず、逃げようとするオメガを襲うらしい。この保護施設は、そんなアルファから逃げるために創設された。

けれど雅信は、こうして二人きりでいても約束を守ってくれている。

「おかしな人。エリートアルファなのに、執着心がないなんて。アルファじゃないみたいだ」

思わず噴き出すと、雅信も嬉しそうに笑みを深めた。

「君が笑ってくれて嬉しいよ」

心からの言葉だと、どうしてか分かってしまう。

仕事に関しては分からないけれど、こうしてプライベートで接する雅信は真っ直ぐな性格なのだ。裏表のない、優しいエリートアルファ。

——あんな形で出会ってなかったら、番になっていたかもしれないな。

『運命の番』は唯一ではない。遺伝子上の相性なので、順位がある。

もし澪が『お見合い』を続けていたら、いつか雅信と会っていた可能性は捨てきれない。

ふと考えてしまって、澪は慌てて首を横に振る。

これまで澪は、どれだけ条件の良い相手が現れたとしても、決して番になるまいと決めていた。自分の人生を誰かに委ねるなんて、絶対にしたくないしその気持ちは今も変わっていない。

なのに、雅信を意識すると、その感覚は澪の意思に反して膨れ上がる。

「雅信さん、俺……また」

臍の奥が熱い。

全身からフェロモンが溢れ出すのを感じて、澪は自分の体をかき抱く。

「発情だね。大丈夫、いつものように君は楽にしていて」

立ち上がった雅信が澪の傍に来て、椅子から抱き上げる。彼と一緒に暮らし始めてから、数日おきに発情が訪れていた。

互いにセックスまでの手順はなんとなく慣れてしまったので、余計な遣り取りはしない。

「後片付けは私がしておくから、澪は体の方に集中するんだよ」

「……うん」

寝室に運ばれ、そっとベッドに下ろされる。

——もっと乱暴にしてもいいのに……。

シャツのボタンを丁寧に外していく雅信の手を、ぼんやりと眺める。素肌に彼の手が触れるだけで、粟立つような快感が身のうちからこみ上げてきて、澪は熱いため息を零した。

偶然発情して、子どもができただけの関係だ。特殊だけれど、自分は彼の『運命の番』じゃない。

なのに些細な愛撫でも、酷く感じてしまう。

「気持ちよくしてあげるから、舌を出して」

「……ん……」

乞われて素直に口を開けてしまう自分が恥ずかしい。

でも今の澪には、拒めるほどの虚勢すら残っていなかった。

舌を擽《くすぐ》られるキスに、次第に夢中になっていく。

——恋人同士、みたいだ。

「ぁ、ん……っふ」

これはあくまで、澪の発情を悪化させないための医療措置だ。周期が安定するまでの我慢だと、甘く蕩ける思考で自分に言い聞かせる。

――体の相性……いいし、顔も嫌いじゃない。だから、仕方なく……セックスしてるだけ……。

最近は四六時中傍にいても、雅信とずっと前から一緒にいたような錯覚さえ覚える。

セックスだって緊張したのは最初だけで、リードされることに慣れてしまった。

琴羽の見立てでは、三週間程生活を共にして発情しなければ周期が安定した証拠になるらしい。だからそれまでの我慢だと、澪は頭の中で何度も繰り返す。

「ん……今日は俺が動くから」

「どうして?」

「発情を、早く終わらせたいだけ。雅信さんは、座って」

キスを交わしながら互いに服を脱ぎ捨てると、澪は自分から雅信の胸を押して起き上がる。そして胡坐《あぐら》をかいた雅信に正面から跨がると、彼の性器に手を伸ばす。

既に勃起していたそれの位置を確認して、澪はゆっくりと腰を下ろしていく。

「……んっ」

いくらオメガでも、愛撫もなく受け入れる事は難しい。なのに澪の後孔は、キスだけで粘ついた愛液を滴《したた》らせていた。

先端からカリまでを飲み込み、澪は動きを止める。

――番じゃないのに……恥ずかしい……。

抱かれるごとに、愛液の量が増している気がする。けれどはしたない体の変化は、これだけではない。

「澪は浅い場所と深い場所の、どちらが好きかな」

「奥……じゃなくて……入り口のとこ……っあ」

思わず本気で求めてしまいそうになり、澪は慌てて訂正した。すると雅信は疑いもせず、澪の言葉に頷く。

体を支えるように腰を摑まれ、ゆっくりとカリで内壁を捏ねられる。

まるでマッサージをするような丁寧な動きに、自然と甘い声を上げてしまう。

「うっ、あ……や、っ」

物足りない感覚に、澪は無意識に腰を揺らす。

内壁がうねって､雄を奥へと誘う。座り込みそうになるけど､雅信にしがみついて必死に堪えた。

――前立腺……カリで擦ってもらえれば､軽くイけるから……奥だけは､ねだっちゃだめ……だ。

最奥まで受け入れてしまったら、射精されるまでイきっぱなしになる。孕む事はないと分かっていても、子作りを容認するみたいでそれだけは避けたかった。

「澪、もしかして我慢してるね？」

「ちが、う」

雅信の性器は、半分までしか挿っていない。だが澪の体は、硬く逞しい雄が奥深くまで届く感覚を知ってしまっている。

——駄目……だめ、なのっ。

体の奥が疼いて、澪は泣きそうになる。

「こんなに締め付けて、もう何度か軽くイって辛いだろう？」

「だから、っ……もう少しイけば……あぅ、落ち着く……から——ッ」

いきなり強く突き上げられ、頭の中が真っ白になった。強い快感と同時に、じわりと愛液が滲んで雄に絡みつく。

「ひゃんっ」

「焦らしてしまったから、奥が敏感になっているね」

根元まで挿った雄から逃れようとするけれど、体に力が入らない。それどころか歓喜する体は、澪の意思に反して雅信に強く縋り付いてしまう。

「もう少し、このまま……動かないで、いい……」

「澪の好きなようにしてあげるからね。恥ずかしがらないで、教えてくれると嬉しいのだけれど」

あやすみたいに背中をさすりながら、雅信が優しく口づけてくれる。

理性よりオメガの本能が勝り、澪は恥ずかしい望みを口にした。

「……焦らして……怖くしないで……優しく、いじめて」

「他には？」

腰を前後に揺すられ、澪は雅信の背に爪を立てる。

「つい、いまの……きもち、かったッ……あっ」

「これ？」

男性のオメガにのみ備わっている『オメガの子宮』の入り口を、先端でノックされた。

「あ、ぅ、っく」

こん、こん。と小突かれる度に、番を拒んでいるのに甘ったるく喘いで感じている自分が浅ましい。

でも雅信は笑ったりせず、澪の反応を愛しげに見つめながら快楽だけを与えてくれる。

——雅信さんのかたち、おぼえちゃう……。

ゆったりとしたリズムで奥を捏ねられ、澪は物欲しげに雄を締め付けた。

「胸も触った方がいいかな」

「きゃ、ンッ」

片手で乳首を弄《いじ》られ、堪らず喉を反らす。奥を突かれると同時に乳首を摘まれ、快楽の回路

が繋がり増幅される。

既に澪の鈴口からは蜜液が溢れ、雅信の下腹部を濡らしていた。勃ち上がっているのに精液はゆるゆると零れるだけで、とても射精とは呼べない。

オメガとしてのセックスに慣れた体は、後孔での絶頂でしかイけなくなってしまっている。淫らではしたない体を雅信に愛撫されながら、澪は甘イキを繰り返した。

「や、だぁっ……もっと……」

すぐそこに激しい絶頂があるのに、雅信はなかなか与えてくれない。イきそうになると腰を止め、澪が背に爪を立てると強く突き上げる。

澪が望んだとおり優しくいじめられて、鳴き喘ぐことしかできない。

「澪、イきたい？」

「……も……お、ねが……い」

こくこくと頷けば、雅信の手に力がこもった。

「んっふ……ぁあっ」

力強く腰を打ち付けられ、悦びに澪は喉を反らして身悶える。中で更に雄が硬さを増していくのが分かる。

――また、射精されちゃう。

敏感な奥を刺激され、澪は両手足を雅信の体に回して強く縋り付く。これではまるで、子作りをせがむ番のようだ。せめて淫らな声を堪えようとするが、それすらもままならない。程なく頭の隅に残っていた僅かな羞恥心も、激しい快楽の波に消されてしまう。

「っあ、ああっ……きもち、いい……ふかいの、すき……っん……」

無意識に逃げようとする腰を固定され、最奥に精を注がれる。射精する間も雅信は澪の感じる場所を優しく擦り、絶頂の波を持続させてくれた。

「あ、あ……いいの……いくの、すき……」

「可愛いよ、澪」

見つめてくる雅信は、とても幸せそうだ。いくら体を重ねても番を拒否する澪を気遣う雅信に、胸の奥が罪悪感でちくりと痛む。

——雅信さんが、『運命の番』だったら……。

現実は、澪のフェロモンに雅信が誘われただけだ。番になる決定権がオメガにあるから、子作りをしたその責任を雅信が取っているだけでしかない。

——それに雅信さんは、俺を番にしたいって言うけど。もっと遺伝子相性が良い『運命の番』が見つかったら……。

遺伝子で決まる『お見合い』の精度は、重要視される。藤宮家ともなれば、いくら澪に子どもがいたとしても、相性の良い相手が見つかればそちらを優先するに決まっている。

澪自身、自立したい気持ちに変わりはない。

——どうしてくだらない事、考えたんだろう。番になんてなりたくないのに……。

繋がったまま押し倒され、唇が重なる。

「……あんっ、雅信さん？」

「もう少し、いいかな」

拒めば雅信は引き下がるだろう。けれど澪はまだ硬さを保っている雅信の性器を受け入れたまま、黙って頷いた。


夜になると番のような営みを行う事が日常になってから、十日が過ぎた。複雑な思いはあるものの、表面的には平静を保って澪は日常を送っている。

「さてと、忘れ物はなし。じゃあ、行ってきます」

「いってきます」

「二人とも、気をつけてね」

琴羽から借りた車のチャイルドシートに隼斗を乗せると、澪も運転席に乗り込む。雅信は良治と話があるという事で、見送りには出てきていない。

月に数回、買い出しも兼ねて澪は街の役所へ行く。

子持ちのオメガには、様々な支援があると知ったのは良治の施設に来てからだ。ただし支援を受けるには、子どもと一緒に面談を受けることが義務づけられている。

二十分ほど車を走らせると、寂れた商店街が見えてくる。最近になって、町おこしのゆるキャラが話題になり観光客は増えたが、以前住んでいた都心と比べればまだまだ人は少ない。

駐車場に車を停め、隼斗を抱いて市役所に入る。

「こんにちは」

「あら結城君。もう更新日だったっけ？」

「はい。四箇田さん、いますか？」

小さな街の役所なので、職員達とはほぼ顔見知りだ。

案内の女性に四箇田の名を告げると、すぐに内線で呼び出してくれる。

「おまたせ、結城君、隼斗君。奥の応接室が空いてるから、そっちで話そうか」

澪が良治の保護施設に身を置いてすぐ、琴羽に連れられてこの役所を訪れた。その時に対応してくれたのが、四箇田だった。

まだ二十五歳という若さで第二性保健課の主任を務めており、知識も豊富で面倒な制度の手続きの仕方から日常の相談まで、幅広く支えてくれる人物だ。

年が近いこともあり、プライベートでも気さくに話ができる数少ない友人でもある。

「――書類は問題なし。全部継続で構わないね?」

「はい、お願いします」

更新の度に、『番を持つか否か』『子どもを養子に出す希望はあるか』など、同じ質問が為される。

答えは分かりきっているが、一応形式なので申し訳ないと謝る四箇田に、澪は首を横に振る。

「これが四箇田さんのお仕事だって、分かってますから。気にしてないです」

「自立の意思を固めたオメガに対して、不躾な質問ばっかりだ。俺がもっと偉かったら、こんな馬鹿みたいな意思確認なんて撤廃してやるのにな」

「その気持ちだけで十分嬉しいです」

そんな他愛ない遣り取りをしていると、あっというまにお昼を告げるチャイムが鳴った。最後の一枚に署名し終えた澪に、四箇田が声をかける。

「結城君、お昼一緒にどう?」

「行きます」

「おれ、おこさまらんちたべたい!」

大人しく座っていた隼斗が、声を張り上げる。エリートアルファなので言葉はすらすらと喋《しゃべ》るけれど、内容はまだまだ子どもだ。

「じゃあ、いつもの洋食屋さんだな。俺からも、ちょっと確認したい事があるから、丁度いいな」

市役所からは少し離れているけれど、静かで雰囲気の良い店があるのだ。オーナーが子ども好きなので、隼斗が一緒の時には重宝している。

——確認て、何だろう。ここで話せない事？

少しだけ真面目な表情を見せた四箇田に、澪は小首を傾げた。けれど問う前に、四箇田が隼斗を肩車して部屋を出てしまう。

いつもこんな調子なので、事情を知らない人から番と勘違いされる事がしばしばある。けれど四箇田は嫌な顔一つせず対応してくれるから、澪としては公私ともに頼りっぱなしで申し訳ない気持ちになる。

——俺は本当に、恵まれてる。

養護施設で暮らしていた時も寂しかったり、悲しい思いをしたことは一度もない。友人達も澪の境遇を過剰に詮索したりせず、ごく普通に接してくれた。

良治の元に来てからは、言わずもがなだ。

あの日の過ちがなければ、今頃はパティシエとして働いていた筈だが、それは良治達や四箇田と出会わない未来でもある。

――雅信さんと関係を持たなかったら……あの日、書類が間違えてなかったら。隼斗も産まれてなかった。

複雑な思いを抱えて、澪は親子のようにはしゃぐ隼斗と四箇田を数歩下がった位置から見つめる。

三人で市役所を出て暫く歩くと、こぢんまりとした赤いレンガ屋根のレストランが見えてくる。中に入るとオーナーが迎えてくれて、奥のテラス席へと通してくれた。

席について一通り注文し終えると、四箇田がふと真顔になる。

「隼斗君の事だけど、進路の希望はある？」

「特に考えてないです」

「できれば幼稚園から、アルファ専用の教育機関に通園させるのがベストなんだ。国からも通達が出ていてね。勿論、支援はあるよ」

隼斗がエリートアルファと診断されてから、澪は様々な現実問題と向き合うことになった。本来なら番の家庭環境に合わせた教育が為されるけれど、澪はオメガだから基本的な事すら分からない。

「そんなに早くから、エリート教育をするの？」

「普通の幼稚園や保育園だと、ベータの子どもが多いだろ。子ども同士は問題無いんだけど、親御さんの中には面倒な人がいるんだよ。小さいうちから仲良くさせて、結婚の約束を取り付けたりとか。トラブルがね……」

言葉を濁し苦笑する四箇田に、澪は大げさではないのだと察した。

どこの自治体もオメガ不足なので、当然あぶれるアルファはいる。現在は必ず番をもつ必要はないので、ベータがアルファと結婚する事は珍しくない。

たとえ親がオメガでも、アルファ――特にエリートアルファ――ともなれば将来は安泰だ。

「困ったなあ。専用の教育っていっても、色々あるんだよね？　適正とかさ。俺そういうの、全然分からないし」

「いっそ進路だけでも、藤宮さんに相談してみたら？」

「それは嫌だ。俺一人で、隼斗を育てるって決めてますし」

澪は即座に否定する。

相談くらいで、雅信があれこれ口出ししてくるような性格でないのは分かっている。けれど彼の善意につけ込むのは、厚かましいと思うのだ。

「今だって、俺の事でいろいろ迷惑かけてて……これ以上はちょっとね」

「彼とは上手くやれてるの？　不安なことがあれば、相談に乗るよ」

四箇田には隼斗が藤宮の子どもである事だけは話しているが、ほぼ毎晩抱かれている事は流石に言っていない。

表向き雅信は『過去の償いと、澪の現状を知るために良治の元で勉強をしている』事になっている。

「……最近はケーキ作りを手伝うとか言い始めてさ。藤宮商社の御曹司が、効率の良いメレンゲの作り方はないかって、真剣に悩んでいるんだよ。番になる気はないって何度も言ってるのに、『澪君のことが知りたい』とか言ってさ」

正直なところ嬉しいけれど、彼の立場を考えれば申し訳ない気持ちが強い。

施設に滞在するに当たって、雅信が空き時間に本来の仕事をネットで行っているのは知ってる。発情が安定するまではいると言ってるけど、いつ落ち着くか分からない。

その上、澪の仕事に興味を持ち『知りたい』のだと真面目に訴えてくる雅信に、どう接していいのか悩んでしまう。

「いっそ俺に興味ある振りをして、隙を見て番にする……とか、そういう下心があれば気楽なんだけど」

恵まれていたとはいっても、それなりに嫌な目にも遭っているから他人の悪意には敏感だ。でも雅信からは、悪意が感じられない。

「藤宮さんの話をしている時の結城君は、とても楽しそうだね。話を聞く限り、藤宮さんも結城君のことを大切にしているようだし、安心した」

いきなり指摘され、澪はぽかんと四箇田を見つめた。

自分は雅信の愚痴を話していた筈なのに、何故そういう評価が出るのか理解できない。

「楽しくなんてないよ……それに大切とかって言うけど、結局の所はこれ以上藤宮家の名前に泥を塗るのはマズイから、丁寧に接してくれているだけじゃないかな」

きっぱりと否定する澪に四箇田が眉を顰める。

「どうしてそこまで強く否定するのか、聞いてもいい？」

「隠すほどの事じゃないから話すけど……大体、俺なんて雅信さんからしたら、噛みたいって思えるオメガじゃなかった訳だし。『お見合い』の時だって、噛む素振りもなかったし」

項を噛んでの番契約は、双方の同意がなくてはなされない。そして殆どのオメガは、全てを支配される『項を噛む行為』だけは、番となっても拒絶する。

それでもアルファは本能的にオメガの項を狙ってしまうから、『お見合い』の際は、項を守る首輪を付けることが義務づけられているのだ。

保護施設に入った澪は、抑制剤が効きづらくなっている事もあり、琴羽が用意してくれた首輪を常に着けている。しかし雅信は、一度も澪の項を噛もうとしないどころか、首輪にすら触れてこない。

「気遣ってくれたとかじゃなくて、そもそも俺は雅信さんの『運命の番』でもない。価値なんてないんです」

するとと少し考えてから、四箇田が口を開く。

「一つ勘違いをしているようだから、訂正させて欲しい」

「勘違い？」

「首輪のこと。今着けているのは琴羽さんが開発した、普段使い用の物だよね。でも『お見合い』で使用されるのは、もっと保護機能を強化した物なんだよ」

スマホをポケットから出して、四箇田が数枚の画像を示す。以前『お見合い』で着けた首輪の画像と、難解な説明書が表示される。

「これ一見普通の首輪だけど国際規格の特別製品で、そこいらの工具じゃ切って取り外すのは不可能でさ。首輪は着けると自動でロックされて、係員の持っている電子鍵でないと取れない仕組みになってる。だからいくらエリートアルファでも、力尽くで取るなんて無理なんだよ。アルファが苦手とするにおいも繊維に練り込んであって……ええとねとにかく、性交中には絶対触れられない仕組みになってんの」

確かに、ホテルから逃げ出す際も係員から『首輪だけでも外させて欲しい』と必死に頼まれたのを思い出す。

「詳しいんですね」

初めて知る事実に、澪はただ驚く。

すると四箇田は上着のポケットから名刺を出して、澪に差し出す。そこにはテレビなどでも報道される、政府の部署名が書かれていた。

「……オメガ対策部……って、え……四箇田さん、市役所の人じゃなかったの？」

「今まで黙っていて、ごめん」

「どうして……」

「結城君は政府の職員が苦手だと聞いていたからね。『お見合い』での嫌なことを思い出させたら、申し訳ないし」

政府のオメガ対策部と言えば、番促進委員会の上部組織だ。国の中枢を支える機関の一つで、官僚の中でもエリートが進む部署だという事くらい知っている。

「結城君が良治さんの元に来るちょっと前に、ここへ出向を命じられたんだ。他方都市のオメガ保護の現場を知るってのは建前で、良治さんのところで色々と勉強させて貰ってる。国としては一線を退いていても良治さんの人脈と、琴羽さんの頭脳は放っておけないからね」

「偉い人なのに、いっぱい頼っちゃってすみません」

市役所の手続きだけでなく、四箇田にはプライベートから隼斗の世話まで散々世話になっている。

「謝らないでほしいな。俺としては、好きでやってただけだし。むしろ上にバレたら、個人に入れ込むのは良くないって叱られる。滅俸ものだよ」

そしてふと息を吐くと、四箇田は吹っ切るように告げる。

「ここまで話したから、全部言うぞ。俺は君が好きだ。番になってほしい」

「……ごめんなさい」

一切の迷いなく、澪は四箇田に頭を下げた。

「だよね。なんとなく分かってたけど、言ってもらえて踏ん切りが付いた」

「けど、四箇田さんの事が嫌いって訳じゃなくて。すごくいい人だって、俺知ってますし。ただ番はちょっと違うっていうか……」

途中で失礼だと気づくけど、口から出た言葉は取り消せない。

「結城君のはっきり言ってくれるとこも、俺は好きだよ。これからも友人でいてくれるかな？」

「もちろん！　俺が頑張ってこれたのは、四箇田さんが厳しくケーキの感想言ってくれたお陰なんですよ。これからもビシバシ指摘してください」

「藤宮さんは、感想は言わないの？」

「あの人、俺がなに作っても『美味しい』ばっかりで……本当に美味しそうに食べるから、改良点がないんじゃないかって不安になるくらいで。あ、でもちょっとお酒の種類変えたとか、いつもと違う分量にしたとかは気が付くんだよね」

話すうちに、澪は自分の心が以前と少し変化しつつあると自覚する。けれど認めてしまうには、怖い感情だ。

なのに四箇田は知ってか知らずか、澪が困惑する理由を指摘する。

「藤宮さんが、好きなんだね」

「そんなことは……」

どうしてか、澪は違うと即答できなかった。

——だって、あの人は俺を無理矢理抱いたのに……。

四箇田からの申し出はすぐ断れたのに、なんで雅信のこととなると躊躇《ためら》うのか分からない。

「彼に愛想が尽きたら、いつでも俺の所に来てよ」

「愛想なんてそんな、別に付き合ってる訳じゃないし」

焦る澪に、四箇田はそれ以上追及するような事はしなかった。代わりにさりげなく話題を変えてくれる。

「そうだ……忘れないうちに渡さないと」

「なんですか、それ」

「前に頼まれてた、遺伝子診断の検査結果」

鞄から取り出したのは、一通の封筒だ。渡されて中を開けると、アルファベットと数値が羅列された紙が入っていた。

「結論から言うと残念ながら、結城君と藤宮さんの相性は良くない」

澪にはさっぱり分からないが、四箇田が一つ一つ丁寧に説明してくれる。それによると、二人の遺伝子相性ランクは一番下で、『お見合い』には至らないレベルなのだと告げられた。

これは雅信が施設に来た翌日に、良治達には内緒で頼んでいたものだ。番になれない理由を突きつけ諦めて貰う為だったのに、澪はショックを受ける。

「……じゃあどうして、俺が発情したのか分かる？」

「オメガの発情に関しては、まだ解明されていない点もあるからなあ。詳しいことは琴羽さんに聞いた方がいい。それに、遺伝子の相性だけが全てじゃないよ。相性が悪くても、二人の間には隼斗君が生まれたわけだし」

遺伝子診断が推奨される理由は、アルファの子を確実に孕むためだ。相性が良ければそれだけ受精する確率は高くなるので、悪ければ意味がない。

——やっぱり、俺の体が誰にでも反応するって事？

抑制剤のない時代には過剰にフェロモンをまき散らし、行きずりにアルファを誘うオメガもいたらしい。今は体質に合わせた薬も多く出ているから、一生フェロモンを出さないオメガも多くいる。

けれど自分は、子どもを産んでしまった上に番を持っていないので発情期が不安定だ。

――もしこのまま、周期が安定しなかったら最悪だ。……違う、もっと危険なのは、効く薬が無くなった場合だ。

琴羽の言うとおり、強い抑制剤を使い続ければ副作用が出る恐れもある。

どちらにしろ、番を持たない決断をした澪に明るい未来は望めない。

「結城君？　顔色が悪いよ。良治さんのところまで、送っていくよ」

「ううん。大丈夫……それより昼休み終わっちゃうから。戻らないと。今日は色々ありがとう」

四箇田の申し出を断り、澪は隼斗の手を引いて店を出た。

市役所で手続きをして帰宅した夜。澪はストレスのせいか、熱を出した。

更に間の悪いことに、発情まで併発してしまう。

熱で意識が朦朧《もうろう》としながらも雅信を求め、明け方まで貪り合った。番なら何も問題無いが、雅信とはあくまで『医療行為』としてのセックスだと自覚している。

――……セックスしたら熱が下がったし……俺、淫乱なオメガなのかな。

ケーキ作りをした夜を境にして、発情がほぼ毎晩起こるようになってしまっている。フェロモンが出るのは夜間に限られるので、それだけは幸いだ。

――最初の頃に番を進められたのは、俺の体質が淫乱だって琴羽さん達は分かってたから？

夜は北條達に預けられている隼斗も、母である澪の異変を察しているようで、昼の間はぴったりとくっついて離れない。けれど夜はぐずることもせず大人しくしていると琴羽から聞き、胸が痛む。

不安定な自分に育てられるより、里親を探した方が隼斗のためになるのではと考える事も多くなった。そんな時、思い浮かぶのは実の父である雅信の顔だ。

藤宮家ならば何不自由なく、隼斗を育ててくれるだろう。何より『エリートアルファ』という希有な子どもの教育方法など知らない澪より、環境も何も全てが整っている。

こんな事を考えているなんて良治達に知られたら、考え直すよう諭されるに決まっている。何より、これまで隼斗と二人で暮らせるように尽力してくれた彼等に申し訳ない。

――余計なこと考えてないで、早く自立できるように頑張らないと。

そう気合いを入れても、澪の思いとは裏腹に体は発情を繰り返して雅信を求めてしまう。益々自分の本性は淫乱なのだという疑いが、現実のものとなっていく気がする。

誰にも打ち明けられない悩みを抱えたまま、日々は過ぎていく。

そんなある日、思いもよらない知らせが澪の元に届けられた。

本格的にパティシエを志す切っ掛けになった洋菓子店の店長から、手紙が来たのだ。

休憩時間に厨房でそれを受け取った澪は、読み進めるにつれて涙目になる。

なんでもネットの口コミでカフェ『れもん』を知り、密かに店長が訪れていたと丁寧な字で綴られていた。更に澪を驚かせたのは、可能ならば是非パティシエとして働いて欲しいという内容だ。

「……夢じゃないよね」

『れもん』がオメガの保護施設内に併設されているのは、ホームページにも書いてある。だから手紙の差出人である店長も、澪が『何らかの事情で、アルファから逃げているオメガ』だと知っている。

いくら国の支援があるとはいえ、保護施設にいるオメガはアルファ関係の問題を抱えているので就職が難しいのが現実だ。

アルファ側が手を回して、就職が妨害された例は幾つもある。極端な例だと、罰則を承知の上で就職先に嫌がらせをしたという事件も年に数件報道されていた。

そんな事情もあるので、小規模経営の会社は、アルファに目を付けられないようオメガの就職を拒否するところも少なくない。

だがこの店はオメガに理解があるようで、専用の寮もあると書かれている。

「すごいね、澪ちゃん。おめでとう」

「おかあさん、よかったね」

「ありがとう。琴羽さん、隼斗」

「どうしたんだい？」

騒ぎを聞きつけて、二階から良治と雅信が下りてくる。

「良治さん、雅信君も聞いて！　澪ちゃんの就職先が決まったの。お祝いしないとね」

「いえ、まだ決まったわけじゃ……」

とはいえ自立への道が開けたのは事実だ。手紙には相手の名刺も同封されていたので、冷やかしという訳ではないだろう。

「不安なら、責任者として私から連絡を取ってみるよ。先方が本気なら、施設側とも話を詰める必要があるのは理解している筈だからね」

製菓学校への進学を諦めてからこんな日が来るなんて思ってもみなかった。

「おめでとう、澪」

傍で見守っていた雅信が、祝福の言葉をかけてくれる。彼からすれば、澪の自立は複雑なはずだ。けれど彼が素直に喜んでくれていると、目を見れば分かる。

「……ありがとうございます」

なのに澪は、胸の奥が苦しくなって雅信から視線を外してしまう。

――嬉しいのに……どうしてだろう？

雅信との遺伝子診断の結果は悪く、就職先も決まる可能性が高い。隼斗と二人で暮らしていく基盤が整いつつあるのに、気持ちが沈む。

「あ、あの。本当にありがとうございます。どうなるかまだ分からないけど、これからも頑張ります」

理由の分からない不安を隠すように、澪は笑顔で皆に改めてお礼を言った。

一方雅信にも、新たな問題が持ち上がっていた。

澪に洋菓子店から手紙が届いた同じ日に、雅信の親戚から彼宛てに速達が送られてきたのだ。夜間は澪の体が心配なので傍にいたが、翌朝になってから良治の書斎に赴き手紙を見せる。

「失礼します」

「私が読んで、構わないのかい？」

「私と本家の者は、貴方を信頼しています。これは叔父から届いたものなので、情報共有をして頂いた方が良いと判断しました」

「君がそこまで言うとなると、また面倒な事になってしまったのかな」

呟きながら手紙を読み進めていた良治が、眉を顰める。

「事実であるなら、私としても動かなくてはいけないね。個人的には、君と澪君で話し合えればいいのだけれど」

「そのつもりです。ただ万が一、澪が話し合いを拒んで施設を出た場合。どうか良治さんの力をお借りできませんか？　勿論、私も全力で彼と息子を守ります」

「私も琴羽も、澪君達の幸せを最優先に考えているよ。どういった形でも、彼等の意思を無視した行為があれば断固として阻止する」

手紙の内容は、一方的な通達だった。何としてでも澪とその息子を連れ帰るか、あるいは国の定める『お見合い』で番を娶れという内容で、良治が不機嫌になるのも無理は無い。

現状を鑑《かんが》みれば、雅信が新しいオメガを番として迎える方が一族としては安心なのだろう。しかしそうなれば、澪は一生強い抑制剤を使って生活する事となる。

無論、澪が番を拒否しているのは承知の上だ。だがこれから先の事を考えると、澪の決断は決して応援できるものでもない。

「そろそろ三年目になる。強い発情の兆候も出てきているから、このままでは澪君が危険だ。抑制剤はあるけれど、副作用が強い。心身共に負担がかかると琴羽も言っているから、私としても澪君には薬ではなく、番を持つ方向に考えを変えて欲しいんだ」

「分かっています」

この所、澪が一人で悩んでいるのは気付いている。

けれど自分が何を言ったところで、話してはくれないだろう。全ては自分の責任なので、雅信は澪が心を開いてくれるのを待つしかないのだ。

「そろそろ、全てを打ち明けてもいい頃合いじゃないかな？」

「ですが……澪の将来を奪った自分に、許してもらう資格はないと感じています」

「君の真面目なところは美点だが、もう少しアルファらしい欲を持ってもいいと思うよ」

「同じようなことを、四箇田君にも言われました」

『お見合い』の後、澪が保護施設に逃げて程なくして、藤宮家からすぐ『結城澪を引き渡すように』と連絡が入ったのである。国の財界を仕切る藤宮家からすれば、逃げた先を特定するなど簡単な事だ。

だが良治はきっぱりと、藤宮家からの要請を断った。

もしも澪が身を寄せた先が、別の施設だったなら事態は全く変わっていただろう。いくらオメガ保護が社会的に認められていても、藤宮家の圧力に抵抗できる非営利団体などありはしない。だが良治の運営する、この施設だけは別だ。一線を退いたとはいえ北條製薬の元会長と、世界的権威のある琴羽に対して非礼を働けば、いくら藤宮家でも非難は免れない。

「偶然とはいえ、澪君がうちを頼ってくれて本当に良かったよ。でなければ今頃、君も澪君も不幸になっていたと私は思うよ」

雅信に施設へ来るようにと連絡したのは、良治だ。これは医師である琴羽も、賛同している。

「ご尤《もっと》もです」

この施設に来てから、雅信はオメガとアルファの関係性や、体の違いなど様々な事を学ばせて貰った。それまでは番になれば相手を幸せにできると、思い込みが先行していたのは否めない。

決してオメガを軽んじていた訳ではないが、体の関係を持ったにもかかわらず逃げ出した澪の考えが理解できなかったのは事実だ。

澪が厨房で仕込みをしている間、雅信は良治と琴羽から、番としてのアルファの義務について講義を受けた。

どんなに言葉で取り繕っても、オメガは番になればアルファに支配されてしまうる。それがどれだけ不安なのか。そして本人の意思に反して訪れる、発情への恐怖感。

教科書だけでは得られない知識を知る度に、雅信は衝撃を受けた。

「君が澪君を大切にしてくれると、私も琴羽も信じている。だから会ってもいいだろうと判断して、連絡をしたんだよ。君もそのつもりで来たのではないのかい？」

当初、三年以内に親族問題を解決しなければ会う資格はないと告げた。そして雅信は強い発言権を得るために、公私ともに実力を認めさせ藤宮家の当主となった。

それだけの覚悟と実績を持ってきたにもかかわらず、雅信は澪を説得しようとしない。

「初めは彼と番になるつもりでいました。何の疑問もなく、再会できたら番になれるとばかり……それは私の一方的な思い込みでしたが」

会ってみて、自分が酷く傲慢な考え方を無意識にしていたと気づいた。愛しく、守るべき番をどこか下に見ていた己を嫌悪した。

だが発情に苦しみ、自分を求めてくる澪は愛らしく、抱く度に独占欲が増していく。

「私は澪と隼斗が、幸せになれる最良の未来を探したいのです」

「では手放すのかい？　その場合は、澪君に新しい番を探す必要がある。君は澪君を抱いたのだから、責任を取らなくてはならないんだよ」

「ええ……」

手放すだけでなく、他のアルファに澪を渡すなど考えただけで気が狂いそうな嫉妬心が胸の奥からこみ上げる。

だが雅信はぐっとそれを抑え込み、必死に平静を保つ。

――今は澪の幸せを、一番に考えるべきだ。

自分を番として拒絶するならば、せめて健康を保つためにも新たな番を持つべきと説得するのが己の義務だ。

「君が澪君に対して最良と思う選択をしなさい」

「すみません」

「謝る相手は、私ではないだろう。まあ君の親族が馬鹿なことをしないよう、それとなく周囲に注意を促しておくよ。こんな年寄りにも尽くしてくれる元部下は、それなりにいるからね」

「ありがとうございます、良治さん」

礼を言って書斎から出ると、雅信は深く息を吸い込む。辛い思いをしているのは、澪の方なのだから自分が悩んでも仕方ない。

良治から言われた、『番になるか、あるいは番候補を探すか』という選択が脳裏をよぎる。

アルファの本性だけに従うのなら、選ぶのはただ一つ。澪を番にしてしまう事。しかしそれが澪の幸せに繋がるのか、答えは出ない。

「――雅信さん、いますか？　手が空いてたら、カフェのお手伝いお願いします」

「今行くよ」

階下からの呼び声に、雅信は快く返事をする。と同時に、今すぐにでも駆け寄って抱きしめたい衝動に駆られる。

――私はこんなにも、直情的な人間だったのか？

夜、澪を抱く度に、何度その項に噛み付いてしまおうかと迷ったか分からない。実際は首輪が邪魔をして叶わない事だが、獣じみた本能が雅信の理性をかき乱す。

医療行為だからと泣いて訴える澪を前にすればすぐ頭は冷静になるので、過ちを犯す寸前で留まっていられるのが救いだ。

――澪の選んだ道を、私が邪魔をして良いわけが無い。

何度も己にそう言い聞かせ、雅信は気持ちを落ち着かせてから階段を下りた。

数日後、再び澪宛てに手紙が届けられた。丁度店の前で掃き掃除をしていた澪は、配達に来た郵便局員から直接それを受け取る。

「はい、結城さんに」

「これ間違いじゃないかな？」

「でも宛名は結城さんだよ」

バイクで去って行く局員を見送り、澪は小首を傾げる。真っ白い和紙の封筒に、仰々しい筆文字で澪の名が書かれていた。

差出人は藤宮家となっており、胸騒ぎを覚える。

なんとなく隠しておいた方がいい気がして、澪はそれをエプロンのポケットにしまった。


仕事を終え部屋に戻ると、幸い雅信は良治に呼ばれており部屋にいない。隼斗もいつものように琴羽が預かってくれているので、手紙を読むなら今がチャンスだ。

「……やっぱり。そうだよね」

内容は非常に、シンプルなものだった。

『番になる意思がないなら、息子を藤宮家の養子に出せ。雅信には新しい番を用意してある』

簡単に言えばそれだけだ。おまけのように、これまでの養育費との名目でかなりの金額が支払われるとも書かれており、澪は笑ってしまう。

「こんなドラマみたいな事いきなり連絡してくるなんて、雅信さんの家ってなんかすごいや」

けれど、これが現実なのかも知れない。

養護施設育ちのオメガが、手違いとはいえ、『お見合い』で藤宮家嫡男の子を孕んだ。普通ならば、何の問題もなく番となって幸せな家庭を築いただろう。

そもそも、後ろ盾も何もない澪が、藤宮家に抗うなど彼の一族は考えもしなったはずだ。

『隼斗を養子に』というくだりを読んで、これまでの澪なら手紙をゴミ箱に捨てていたに違いない。けれど今後、隼斗にはアルファとしての教育を受けさせなくてはならない。

何の知識もない自分が、隼斗をサポートできるかどうか正直不安だ。将来的に、番を拒否したオメガに育てられたと分かれば、進学や就職の際に面倒もあるだろう。

「藤宮の家が心配するのも、当然か」

エリートアルファの子どもは、特に希少だ。たとえ養子に迎えられても、酷い扱いはされないだろう。

今後の養育環境を冷静に考えれば、答えは決まっている。

何より相性の良いオメガを娶った方が雅信のためでもあるのだ。

立場を知るほど「自分では駄目だ」と思うようになる。

——隼斗に言ったら、怒るだろうな。

親の贔屓目だが、隼斗は頭の良い子だ。既に自分の置かれた立場を理解しているし、心身共に不安定な澪を支えようと奮闘している。

身籠もったときには不安しかなかったけれど、今は何より大切な宝物だ。

だからこそ、隼斗には幸せな人生を送って欲しい。

「雅信さんに、隼斗を託そう。それが一番、いい選択に……決まって……」

言い聞かせるように呟く言葉は、途中から嗚咽で消えてしまう。愛しい隼斗を手放すことが、辛くないわけがない。

でも自分の我を通せば、皆が不幸になるだけだと澪は思う。


翌日、澪は琴羽に二人きりで相談したいと話し、時間を作って貰った。カフェは定休日で、隼斗は良治と雅信に連れられて、買い出しに出かけている。

三人を乗せた車のエンジン音が聞こえなくなってから、澪は窓際の席に座り静かに切り出した。

「隼斗を、藤宮家の養子に出そうと思います。今の俺だと、強い抑制剤の副作用でいつ働けなくなるか分からないし。何よりアルファの育て方を知りません」

「最近悩んでたのは、そのことなの？」

気付かれていた事に驚いたけど、今はその方が話が早い。澪は頷いて、話を続けた。

「俺が雅信さんの番になれば、体も安定して薬を飲む必要がなくなるのは分かってます。でもあの人には、家柄も相性も良いオメガの方がいいに決まってる」

「そんな頑なにならないで。雅信君とは話し合ったの？」

「いえ……けど雅信さんは、もっと相応しい相手と番になるべきだと、俺は思います」

散々彼を拒絶した挙げ句、今だって澪が発情すれば『医療行為』という前提のセックスしか許していない。

なのにいきなり番になりたいなどと掌を返し、都合の良い事を言える立場ではない。

「僕が前に途中まで話した、運命の番について覚えてる？」

「はい」

あの時は昼寝をしていた隼斗が起きてしまい、琴羽の話を最後まで聞くことができなかった。

「昔はフェロモンで『運命の番』を探していたんだ。でも今はオメガのフェロモンは殆ど出ないし、アルファも嗅ぎ分ける能力が落ちている。それでも惹かれ合う者はいるんだよ」

「偶然、遺伝子の相性が良い相手と、すれ違ったとか。そういう事ですか？」

オメガとアルファの出会いは、ほぼ『お見合い』に限定される。だが希《まれ》に、偶然出会ってしまう事もあるのは澪も聞き知っていた。

しかし琴羽は、首を横に振る。

「遺伝子は関係ないんだよ。嗅ぎ取れないほどの、微量のフェロモン……ううん、それすら出ていなくても、強く惹かれ合う番はいるんだ」

「そんな事って、あり得るんですか？」

「君の目の前にいるのは、その実証者だよ」

くすりと笑う琴羽に、澪は目を見開く。項を噛んで番契約をした最後の世代とは聞いていたけれど、遺伝子診断すらしていないなんて初耳だ。

「それに本来、遺伝子の相性は『運命の番』とはなんの関係もないからね」

「でも『お見合い』をすると、オメガは発情しますよね？」

「子作りをする点だけ挙げれば、相性はいいからね。ただ精神的にも強い繋がりを持つ『運命の番』とは別物だよ」

しかしそういった繋がりを、悪いとは言い切れないと琴羽が続ける。第二の性はその特性として、繁殖を重視した造りになっている。

オメガとアルファは、特にその引き合う力が強い。なので子作り優先の遺伝子の相性で番になっても、結果的には精神的にも結びつきの強い番に収まる事が多いのだ。

「言葉は時代によって意味を変えるでしょう。だから今の時代の『運命の番』は、以前の意味とずれてしまってるだけなんだ。だから僕は新しい定義として、遺伝子の相性に関係なく結ばれた番を、『真の運命』と名付けたんだよ」

「真の運命……」

その言葉は澪の心にすとんと落ちた。

「そうだよ。『真の運命』に出会える確率は、奇跡に近い。だからもう一度だけ、雅信君と話し合ってみて欲しいんだ」

「俺が淫乱だから、雅信さんと番になる事を勧めてくれていたんじゃないんですね」

「そんな事を考えてたの？　自分で気付くのが一番いいからぼかした言い方をしていたけれど、不安にさせてごめんね」

「いえ、琴羽さんが謝ることじゃないです」

琴羽の言葉に安堵したが、だからといって決意は変わらない。

——俺と雅信さんは、きっと……。

澪は唇を噛んで、首を横に振る。認めたところで、今更どうすればいいのか分からない。

「でもやっぱり駄目です。俺が番じゃ、雅信さんも隼斗も幸せになれない」

「澪君……」

「一人で生きていくって、決めたんです」

改めて自分の決意を告げ、澪は琴羽にしか頼めない望みを打ち明けた。最初は渋っていた琴羽も、澪の決意が揺るがないと分かったらしく最終的には認めてくれる。

「ただし、条件があるよ。正式に番を断るなら、雅信君ときちんと話し合いをすること。なあなあにしていい問題じゃないからね。約束できる？」

「はい。約束します」

どちらにしろ、話し合いはするつもりでいたので澪は頷く。

――大丈夫。落ち着いて話せば、雅信さんは理解してくれる。

毎晩のように淫らに求める姿を、彼は誰よりもよく知っている。いつまでたっても発情が不安定なままの澪に、既に呆れている可能性だってあるのだ。

「琴羽さん、お願いします」

改めて頭を下げる澪に、琴羽が優しく微笑む。

「分かったから、ほら顔を上げて。なんだか僕の若い時を思い出しちゃったよ。僕も一度こうって決めると突っ走るタイプでね。よく良治さんに怒られたよ……じゃあ薬を処方するけど、今回のはかなり強いから使う時を考えてね」

「ありがとうございます」

雅信との出会い方が違っていたら、自分も琴羽と良治のような番になっていたかも知れない。

けれどそれは、もう望めない未来だ。

錠剤を受け取ると、澪は溢れそうになる涙を片手で拭った。


普段と同じように揃って夕食を取った後、隼斗を良治達に預けて澪は雅信と共に自宅へと戻った。

しかし雅信は澪の僅かな変化に気づいていたようで、リビングに入ると彼の方から問いかけてくる。

「何か、隠しているね？　私で良ければ、相談に乗るよ」

決して威圧的ではない優しい声音に、澪は胸が痛む。エリートアルファの雅信なら、澪程度のオメガなど威圧して聞き出すことは簡単だ。

——いい人、なんだよな。

彼と過ごすうちに、雅信の持つ優しさを知った。

だからこそ、彼と自分は離れるべきだと澪は思う。

「雅信さん。もうこんな関係は、終わりにしよう」

「しかし、まだ君は発情周期が安定していないじゃないか。関係を絶つにしても、せめて新しい番を探す手伝いくらいはさせてほしい」

「俺は一生、誰とも番になるつもりはありません。ただ隼斗だけは俺一人の力で育てきるのは難しいと判断しました。都合の良い事だと分かっていますが、隼斗を養子として迎えてもらえませんか？」

養子の提案までされて流石に驚いたのか、雅信が絶句する。言葉で言いくるめられないうちにと、澪は構わず続けた。

「新しいお見合いの相手が決まったんですよね？　だから俺は、身を引きます」

「どうしてそれを知っているんだい」

雅信と視線を合わせないようにしながら、澪はポケットに入れていた手紙を出して見せた。

「藤宮家からしたら、当然だと思います。子どもがいるのに、番を拒否するオメガなんて厄介でしかないし。それに俺は……雅信さんと釣り合わない」

せめて『運命の番』だったなら、傍にいる理由になる。

でも隼斗を身籠もることができたのは、偶然だったと言われてしまえばそれまでだ。

身寄りもない上に頑なに番を拒む澪を説得するより、良い家柄のオメガか相性の良い『運命の番』と『お見合い』をして、さっさと跡取りを作る方が藤宮家としても安心だろう。

まだ迷っている様子の雅信に、澪は決定的な理由を突きつける。

「他にも理由はあります。俺、発情期が不安定なままなのは……本性が淫乱だからなんです。番になっても、きっと迷惑かけるし、隼斗も俺が親じゃ虐められる可能性だってある。卑屈になってる訳じゃないですよ。雅信さんは沢山のものを背負ってるんだから、俺みたいなオメガが独占していい人じゃない」

「澪……」

「正直に言います。俺、雅信さんが好きです。けど番にはなれないから……だから――」

胸が苦しい。

けれどこれは、紛れもない事実だ。

――頑張れ、俺。一人で生きるって決めたじゃないか。だから最後は、ちゃんと思ってる事を全部伝えて別れよう。

両手を握りしめ、澪は雅信を真っ直ぐに見つめる。

「お願いです。最後に、薬の効いてない状態で抱いてください。琴羽さんから抑制薬の中和剤をもらって、さっき飲みました」

それがどういう意味か、すぐ雅信にも分かったようで眉を顰める。

「俺と雅信さんの遺伝子、相性が悪いんです。なのにフェロモンで誘って、あんな事になって……俺が淫乱なのが原因だって分かったから」

「君は淫乱なんかじゃない！　どうか自分で自分を蔑《さげす》まないでくれ」

受け取った手紙を雅信が握りつぶして、床に叩き付けた。そして澪に詰め寄ると、強く抱きしめる。

毎晩のように抱かれている体は、雅信の体温にまで反応して背筋がぞくりと震える。

——やっぱり俺、淫乱だよ。

中和剤が効き始めたのか、体の芯が疼き出す。

「何故今の状態で、中和剤を飲んだんだ。どれだけ危険かは、琴羽さんから聞いただろう？」

「聞いてます。薬を渡される際に、これから俺がどうなるのか何度も説明されました」

長期間抑制薬を投与されている世代のオメガは、セックスの最中に噛まれても痕がつかない。それこそが、オメガの自立を確実な物とし、同時に番になる確率を減らす原因にもなった。

確実にアルファの番として身も心も捧げると誓ったオメガは、中和剤を飲み抑制剤の効果を消す必要があるのだ。

「馬鹿なことしてるって、分かってる。でも他のアルファの番にはなりたくないから、雅信さんに噛んで欲しい。俺を雅信さんのオメガにして……」

できることなら、全身に雅信の物だと刻みつけてもらいたい。淫らなマーキングも、乱暴な行為だって今なら悦んで受け入れられる。

けれどそれは、番になる前提だからこそできる事だ。

今の澪は雅信から番の証として項を噛まれても、離別することを前提としている。昔風の言葉で表現するなら、『捨てられたオメガ』になる選択をしたも同じだ。

番から捨てられても、一度噛まれたオメガは定期的に発情する。フェロモンが治まるまでの数日間は部屋に籠もって、自慰をするしかない。それでも我慢できないと、無意識に不特定の相手を誘いセックスをしてしまう。

アルファに噛まれ番になったオメガは、他の相手との間に子どもはできないけれど、そんな事を繰り返せば心が壊れる。

リスクしか無い将来を告げられても、澪はそれで構わないと琴羽を説得したのだ。

「俺、雅信さんに出会えてよかった」

大好きな人の腕の中で、澪は涙を零す。

「散々拒絶しておいて、最低だって分かってる。こんな馬鹿みたいな俺をちょっとでも可哀想だって思ってくれるなら、抱いて。そして、俺なんか忘れて素敵な人を番にして」

「本気、なんだね」

「迷惑はかけません。抱いてくれますか？」

返事の代わりに、雅信が澪を抱き上げて触れるだけのキスをする。まるで恋人同士のような優しい気遣いに、澪は彼の首に腕を回す。

寝室に運ばれ、ベッドに腰掛けた雅信だが澪を離そうとはしない。焦れったくなって自分から誘おうとしたが、その前に琴羽からの言いつけを思い出した。

「そうだ、セックスの前に雅信さんの話を聞くようにって言われてたんだ」

「私の話？」

「はい。中和剤をもらう条件だったんで……」

すると雅信は、少しほっとした様子で眉尻を下げた。

「琴羽さんが君の無謀な希望を聞くからには、何かあると思ったけれど。そうか……納得がいったよ」

「どうしたの？」

「澪にはこれまで秘密にしていた話をする。その上で、改めて君を口説く」

「あの、だから俺は番には……」

向き合う形で抱き直され、澪は雅信と視線を合わせた。ずっと一緒にいたのに、こうしてしっかりと視線を合わせたのは初めてだ。

強い意志の宿る黒い瞳が、澪を見据えている。怖いような嬉しいような、複雑な気持ちが胸を満たす。

「まずその前に誤解を解かないといけないね。君が受け取った藤宮家からの手紙は、私の従兄が出したものだ。それは協定違反に値するから、澪が気にする必要はない」

「協定違反？」

「藤宮家は良くも悪くも、大きな家だ。だから重要事項は、直系の血縁が判断を下す。澪に関しての判断は、私と両親、きょうだいの合意が必要だった。そして私は、血縁者全員の合意を得た上でここへ来た」

「……はあ」

なんとも時代錯誤な内容に実感が湧かず、澪は間の抜けた返事を返す。

「という訳だから、会議に参加を許されていない従兄が口を挟むのは協定違反であり、藤宮家直系に対して非礼を行ったとみなされる。手紙という間接的な接触でも、次期当主の番に関わったとなればそれなりの罰を受けてもらうことになるね」

まるでお芝居のような台詞だが、雅信は真剣そのものだ。

「私は嫉妬深いアルファだと、ここに来て自覚した。君の将来を奪っておきながら、澪が番になってくれるという傲慢な考えで行動していたと告白する。その上で、聞いて欲しい――『お見合い』の当日、君が会う予定だった相手は私の従兄だ」

「え、どういう事？　役所が間違ったって言ってたのは嘘なの？　でも名前は藤宮じゃなくて、柊宮だったけど？」

「あれは偽名なんだよ。少し込み入った話になるが……先に知っておいて欲しいのは、澪と私の従兄の間に遺伝子適性はない――」

雅信が説明した内容はこうだ。

根本的な問題として、澪の『お見合い』相手は従兄とは別にいたらしい。それを従兄が金の力で改ざんした。それも、自身の名を使いバレたときのために偽りの苗字を用意し、名前は雅信で登録を行ったのだ。

政治家にも友人が多くいる藤宮の跡継ぎが不祥事を起こしたことにすれば、気付かれても勝手に役所がもみ消してくれると考えたようだ。

「じゃあ、雅信さんを騙《かた》ったってこと？」

「そうだよ。ただ従兄は回りくどいことをしすぎて、賄賂を受け取った役人の上司が異変に気がついた。そこで藤宮の本家に連絡が来て、知ったんだよ」

従兄は独身のアルファで、前々から問題を起こし親族間でも危険視されるような人間だった。これまではもみ消してきたが、流石に次期当主である雅信の名を騙ったことで大問題になったのだと言う。
「その従兄って、何がしたかったんですか」
「最初から澪を襲うつもりだったたと、告白したよ。相性などどうでもいいから、番が欲しかった
と……アルファとして唾棄すべき存在だ」
「どうして俺だったんです？　藤宮家の人なら、もっといいとこのオメガとお見合いするでしょ
う？」
「私も両親も、あの男がオメガを大切にできるような人物とは思っていない。実際に遺伝子判定
でも、未だに彼と合うオメガは見つかっていないんだよ」
国を挙げて『お見合い』を推奨している時代だから、アルファならば最低でも一度は経験する
ものだとばかり思っていた澪は少なからず驚く。
「頼る者のいないオメガなら、何をしても言うことを聞く。そんなことを平然と言ってのけるよ
うな男だと言えば、分かってもらえるかな。親族として、恥ずかしい限りだ」
計画が実行される直前に知らされた事もあり、代理の弁護士を立てる時間も無かった。なので
雅信が直接澪に謝罪するつもりで、部屋に待機していたのだ。
「けれど結果として、私は澪の純潔を奪ってしまった。これでは従兄と同じだ」
「純潔なんて、そんな大したものじゃないです。それと、雅信さんは俺のフェロモンで誘惑され

たんだから……雅信さんの従兄とは違う！」

「君は優しいね。できるなら、この件はずっと黙っていたかったのだけど」

澪は首を横に振る。

「話してくれて、ありがとうございました」

彼からすれば、由緒ある藤宮家の汚点を暴露するようなものだ。それを正直に告げてくれたというのは、澪を信用しているからに他ならない。

「この三年間、従兄は勿論、親族の一部は重要な仕事から外して、監視を付けた。馬鹿な従兄に賛同する者もいたからね」

身内の中にも、雅信に反発する者は少なくない。次期当主というだけで、やっかみの対象となってしまうのだ。

「澪と隼斗を誘拐する案もあった。幸い、彼等には詳しい居場所が分からなかったから実行には至らなかったけれどね。だから君が私に詰めが甘いと言ったとき、気づかれていたのかと内心焦ったよ」

「俺が良治さんのお世話になってるって、藤宮家は知らなかったの？」

この質問に対しては、雅信は首を横に振る。

「関係筋にはいると分かっていたようだ。しかし手元に置いているのは想定外と言ったところかな。良治さんはその辺りを、上手く誤魔化してくれたお陰で親族は手が出せなかったと言ってもいい。まあ、藤宮が北條に圧力をかけたところで、良治さんにはなんの意味もないけどね」

良治も琴羽も、自分達の過去はあまり話してくれない。琴羽が元研究員で、良治が北條製薬の元会長という事実を知らされたのも最近だ。

「良治さんが、君を守ってくれていたんだよ。四箇田君も協力してくれていたと聞いてる」

「知らなかった……なんでみんな、教えてくれなかったんだろう」

ずっと雅信が酷い人だと思っていた自分が、恥ずかしくなる。

「傷つけてしまった私にこんなことを言う資格はないけれど、これ以上怖がらせたくなかったんだよ」

「せめて、早く話してくれたら俺だって、番のことをもっと真面目に考えて……」

「君自身が知らないだけで、オメガはとても繊細なんだよ……辛い話を聞かせてしまってすまなかった。これでもう君も私に嚙まれたいなんて考えないだろう？　今はまだ、フェロモンが薄い。琴羽さんを呼んで薬を――」

「雅信さん」

自分から雅信の背に腕を回し、澪は体をすり寄せる。

「好きです。もう俺には興味ないかも知れないけど、もし雅信さんがよければ……」

最後まで言う前に、指で唇を押さえられる。

「愛するオメガに、その先を言わせたとなっては、藤宮のアルファとして失格だ。どうか私から、プロポーズさせてくれないか？」

甘い声に、澪は耳まで赤くなった。雅信とはもっと恥ずかしい事をしているのに、これまでにないくらい心臓がドキドキしている。

「愛してるよ、澪。どうか私の番になって欲しい。他の番なんて、私には考えられない。四箇田君にさえ、嫉妬していたくらいだからね。君が笑顔で彼と話をする度に、殴りそうになった事だってある」

「雅信さんでも、嫉妬するの？」

「するよ。愛しい君が他人に笑いかける度に、胸が張り裂けそうになる」

誰にでもにこやかに接する雅信が、内面にそんな激情を持っていたなんて信じられない。

「君の夢を邪魔はしない。隼斗君も一緒に、必ず幸せにする」

「俺で良ければ、雅信さんの番にしてください」

澪は自分から首輪を外した。

「噛んでくれますか？」

膝から降りて雅信に背を向けると、背後から彼が覆い被さるようにして抱きすくめる。

「君の全てを貰うよ。愛してる、澪。一生大切にする」

項にかかる髪を退けると、雅信の唇が触れた。

もう何十年も前に廃《すた》れた『項を噛む儀式』に、全身が強張る。

番としてアルファに全てを捧げるこの行為は、単純なものだ。でも項を噛まれることで、オメガの運命は全てアルファに委ねられる。

——こわい。

己の意思まで雅信に受け渡すのだから、当然恐怖はある。

けれど同じくらい、澪は期待で胸が高まるのを感じていた。相反する感情が高ぶり、無意識のうちに涙が零れる。

「噛むから、体の力を抜いて」

ぎゅっと目をつぶると、雅信の歯が皮膚に食い込む。

「っ……う……ぁ、あっ」

ピリッとした痛みの後に、噛まれた場所から電流のように不思議な感覚が全身へ広がる。心地よいけれど、性的な快感とはまた違うそれに澪は小さく悲鳴を上げた。

「澪、」

「平気、だから。続けて」

口を離そうとした雅信を、澪は彼の腕を強く摑むことで契約の続行を促す。

薬で本能を抑えられてきた体は、昔のように軽く嚙まれただけでは番としての結びつきは成り立たない。

「んっ、ふ……あん」

何度も項に歯を立てられ、澪はその度に支配されていく悦びに身を委ねた。

――体全部……雅信さんのものになっていくのが分かる。嬉しい……。

嚙まれるごとに恐怖は消え、深い安堵が澪の心を満たしていく。

「大丈夫かい？　澪」

「……頭の中がふわふわして、体中の熱が入れ替わったみたい……」

「アルファに嚙まれると、オメガは体に変化が出るらしいからね。辛ければ琴羽さんを呼ぼうか？」

「ううん、それは平気」

崩れそうになる体を雅信が支え、ベッドに横たえてくれる。

発情した疼きは残っているけれど、感覚が明らかに今までと違う。

「あの、雅信さん。俺、嚙んで貰って分かったんだけど」

「琴羽さんが仰っていた、『真の運命』だね」

「雅信さんも分かったの！」

「勿論だよ。君の番だからね。けどこれで、やっと君が子どもを授かった理由が分かったよ」

「あ……そうか」

初めてのセックスで隼斗を授かったのは『真の運命』だったからだと、噛まれた瞬間互いに理解していた。

遺伝子なんて関係ない、心も体も強く繋がった運命の番。

「嬉しいのに、どうして俺……泣いて……」

「嬉しくても人は泣くんだよ、澪」

優しくキスをしながら、雅信の手が頬を伝う涙を拭ってくれる。次第にキスは深くなり、互いに舌を絡ませて求め合う。

「君の発情が安定しなかったのも、私が傍にいたからだ。淫乱なんかじゃないと、これで証明されたね」

「ん……うん。あの、雅信さん」

「駄目だな。私の方が先に理性をなくしてしまいそうだ」

ジーンズと下着を一緒に脚から取り去り、シャツも乱暴にはだけられた。見おろしてくる雅信の瞳には雄の欲が浮かんでいて、澪は息を呑む。

シーツの上で身を強張らせている澪の前で、雅信も服を脱ぎ捨てる。

フェロモンに反応して硬く屹立した雅信の自身から、視線を外せない。

――いつもよりずっと大きい。

番になったせいなのか、雅信のアルファとしての本性が性器にも反映されている。

「あっ」

後孔から溢れた愛液が内股を濡らし、澪の自身からも精液が零れる。愛撫もされていないのに視線だけで感じている事に気づき、澪はいたたまれない気持ちになった。

「待って。その、俺……」

「ごめんね、澪。もう自分を抑えられない」

命じられた訳でもないのに、勝手に脚を開いてしまう。項を噛まれ、エリートアルファの番になるという意味を澪は身をもって理解しつつあった。

――雅信さんからも、フェロモンが出てる。

互いのフェロモンが混ざり合い、濃厚な香りが室内に満ちる。口づけと香りだけで、達してしまいそうだ。

「本気で、するよ」

「うん……俺も雅信さんの、欲しい」

腰を掴まれ、性器が重なる。色も形も違う逞しい雅信のそれに、澪はただ圧倒されていた。この凶暴な雄が、これから自分を犯すのだと思うと、淫らな熱が下腹部に広がった。

怖いけれど嬉しい。

先走りを絡め合わせ、雅信が澪の性感を煽る。

「やんっ」

こんな愛撫をされるのははじめてだ。指先で先端をあやされることはあっても、性器同士を合わせて擦るなんて恥ずかしすぎる。

「イくのはまだ我慢しなさい」

「……はい」

「いい子だ」

ぬちゅぬちゅと湿った音が響き、澪は真っ赤になる。雅信も息を荒らげてはいるが、その表情にはまだ余裕が見て取れた。

けれど落ち着いている筈なのに、いつもと違う雰囲気を澪は感じ取る。

「深くまで挿れて、君を孕ませたい」

直接的な物言いに、噛まれた項が甘く疼いた。

——これが『真の運命』との……。逃げるとか、そんなの考えられない。早く滅茶苦茶に犯されたくて、俺の体蕩けてる。

『お見合い』の時の切羽詰まったような感じは無く、どちらかと言えば冷静にも見える。だが番となった澪には、雅信がこれまでため込んだ欲を全て放出したがっていると分かってしまう。

そして澪も、彼の性欲を受け入れたいと望んでいた。

「きて、雅信さん」

腰を摑む雅信の手に、自分の手を重ねて微笑む。すると額に口づけが落ち、澪はくすぐったくて一瞬息を吐いた。

次の瞬間、硬い先端が澪の後孔に入り込む。

「ひ、やぁ」

粘ついた愛液と、性器に絡んだ先走りが雄の挿入を手助けする。それでも挿ってくる雄は普段より大きく、澪は背を反らす。

「っは。ぁう」

張り出した雁首に前立腺を潰され、澪は上り詰めた。快楽に浸る間も与えられず、凶暴な性器の侵入は続けられる。

「痛むかい？」

「大丈夫……でもすごい……この辺りまで、挿ってるの初めて……番になると、大きさも変わるんだね」

動きを止めた雅信に、澪は下腹部を擦ってみせた。これくらいなら大丈夫かと思った矢先、雅信が予想もしなかったことを口にする。

「もう少し我慢できそうかな？」

「え？　ひ、ッ……いっ」

最奥を抉《えぐ》るように突かれ、澪は堪えきれず悲鳴を上げた。目の前が白く染まり、一瞬意識が途切れかける。

「やっと全部受け入れてくれたね……澪」

「え……嘘……俺、っあ」

雅信だけではなく、自分の体も変化していた。明らかに受け入れたことの無い深い場所に、彼の先端が届いている。

「や……なんかへん……」

コツンと奥を突かれ、さざ波のように快感が広がる。澪は初めて知る感覚に戸惑った。

「ぁっ、ひ」

「オメガの子宮が降りてきているんだ」

「おめが、しきゅう？」

「保健の授業で習っただろう？　男性のオメガにだけある、特別な場所だよ。子作りの部屋とも呼ぶね」

　オメガであれば性別は関係なく、子どもを産むことができる。男性オメガの場合、腸の一部に子宮となる器官が存在する。

「ならった、けど……でも……初めてした時は、こんなところまで挿ってなかったよね？」

「そうだよ。だから、私達は『真の運命』で、本当に相性が良いんだ」

「うん……っあ、あ」

「だから安心して、私を受け入れてほしい」

　リズムを付けて奥を小突かれる度に、感じたことのない甘い刺激が腹の奥から全身に広がる。抑制剤を使っていないせいか、感覚が鋭い。

「愛してる」

「……うん、俺も……ッ」

　優しく奥を捏ねられて、澪は堪らず雅信の手に爪を立てた。

　――いく、奥に当たってるだけなのに……ずっと、いく……っ。あ、おく……やばい。

　まだ甘イキだけだけれど、本気を出されたらどうなるか予想も付かない。

　体は雅信を欲しがっていて、澪はシーツの上でのたうつ。

「澪は前立腺よりも、奥の方が感じるようだね。澪、どうされたいか、私に教えて」

「深いの、すきっ」

問いかけに迷わず答えると、オメガの子宮口が切なく疼き出す。

アルファを誘うフェロモンも濃くなり、自らも拙く腰を振ってしまう。

――ほしい……雅信さんの、もっと……。

オメガの本能が剝き出しになっていくのを澪は止められない。

「もっとぐりぐりして。雅信さんの……形、覚えさせて」

卑猥な言葉で雅信を誘うと、彼が更に腰を進めた。

「ひっ」

最奥の秘められた部分が熱を帯び、雅信の先端に吸い付く。

そして「ぬぷん」と、体の奥で粘膜が卑猥な音を立てた。

「あ、あ……はいっちゃった……」

「澪のオメガの子宮が、私を迎え入れてくれたよ」

これまで一度も受け入れたことの無い場所に、愛しい人のモノが入り込んでいる。

澪の息が整うと、雅信が体を倒して強く抱きしめてくれる。その背に手を回すと、ゆっくりと律動が開始された。

「まさのぶ、さん……あ、ぅ」

子作りの部屋を、性器で直接愛撫される。

すぼまった入り口部分がカリで擦られて、澪は刺激に背を反らす。

「あ、ひっ……そこ、くぽくぽ、したらだめっ」

狭い部分をカリが出入りする度に、体内から湿った音が響く。

――奥、疼いてるの……分かる。

感じて達する度に締め付けと痙攣が激しくなり、澪は快楽の波にただ翻弄《ほんろう》されていた。

深く愛される準備を、体が整えている。

「止められないよ……あっ、おっきいのくる……イッちゃう」

「澪、愛してる……私の、澪」

跳ねる腰を雅信が摑み、根元まで塡めた状態で固定した。

――獣、みたい……。

ずっと理性的に抱いてくれていた雅信が、今は本能のままに貪っている。その姿に澪も反応して、フェロモンが更に濃さを増す。

お互いに貪る行為が止められず、澪は組み敷かれたまま歓喜の悲鳴を上げ続けた。

「お願い、もう……なかに、出してっ……いってるの、いってるから。ああっ」

既に澪の自身は蜜を放つ力を失い、中の刺激だけで達している。

ヒクつく内壁が雄を食い締め、射精を促す。

「んっ、雅信さん。すきっ」

両脚を腰に絡めると、雅信が唇を重ねた。そして奥を穿《うが》つように数回動いた後、熱く重たい精液を放つ。

「……ッ……あ、んっ」

同時に澪も、何度目か分からない絶頂を迎えた。

長い射精が終わっても、澪は痙攣を止められず雅信に縋ったまま動けずにいた。

「せいえき……熱い……」

半ば放心状態で呟くと、雅信が不安げに顔を覗き込む。

「すまない。これでは番として失格だ」

「どうして？」

「君のことを考えず、一方的に貪ってしまった」

「あのさ、番になったんだから俺だって同じだよ。雅信さんを奥まで受け入れる事ができて、すごく嬉しい」

僅かに膨れた下腹部に手を当てる。隼斗を身籠もったときと同じような感触に、澪は少しだけ複雑な気持ちになった。

番になったとはいっても、全面的に雅信に頼るつもりはなかったし念願のパティシエとしての道も開きかけていた所だ。

けれど妊娠すれば、最低でも一年近くは就職を断念せざるを得ない。

「琴羽さんが言っていた通り、二人目は流石にまだ無理そうだね」

「そうなの？　いっぱい出したのに？」

「まだ準備を整えているのだと思う。抑制剤の副作用もあるけれど、私の血筋は次の子を授かるまで五年近くかかるんだ」

それは稀少なエリートアルファ最大の欠点で、こればかりは現代医学でもどうにもならないらしい。

ほっとしたような残念なような気持ちになったけれど、澪は気持ちを切り替える。

「じゃあ、産休の取れる正社員になるまで頑張れるって事だよね」

「そうだね。私は君の就職を応援するよ。これからも対等な立場で、番として生涯を共にして欲しい」

番になっても、雅信は約束してくれた通り澪の意思を尊重してくれる。どこまでも優しい雅信に、澪はぎゅっと縋り付く。

「雅信さんが挿ってると、俺すごく幸せな気持ちになるんだ」

「私も幸せだよ……」

そっと自身を抜こうとする雅信を、澪は両脚を絡めることで引き留める。

「雅信さん、さっきから俺に気を遣いすぎ。折角番になったんだから、もっとしようよ」

雅信の性器は射精したにも関わらず、澪の中でまだ硬さを保っていた。

いや先程よりも、大きさが増している気がする。

そして澪の体も、雅信から与えられる快楽を欲しがっていた。

「雅信さん、もう一度噛んで……今度は、こっちを噛みながらして」

片手で喉元を指さし、澪は甘く微笑む。

項と違い喉を差し出すという行為は、命さえも捧げる意味を持つ。

「ありがとう、澪。君を生涯、大切にすると誓うよ」

「俺も雅信さんを大切にするから、アルファだからって一人で抱え込んだりするなよ」

上向くと、喉に雅信の歯が触れる。

澪は愛しい番の頭をかき抱き、全てを捧げる番契約を受け入れた。

純情オメガの新婚生活

CROSS NOVELS

北條《ほうじょう》夫妻の立ち会いの下、澪《みお》と雅信《まさのぶ》は正式な番となった。

三年の間、頑なに番となる事を拒んでいたので、この結婚に藤宮家が難色を示すのではと澪は危惧していた。しかし澪の心配など、全く杞憂に終わる。

雅信の家族は、挨拶に訪れた澪と隼斗《はやと》を快く受け入れてくれたのである。更に驚いたのは、澪が『パティシエとして働きたい』という意思を尊重してくれた事だ。

当初は雅信の実家で暮らす案も出たけれど、彼の両親から『いきなり同居では息が詰まるだろう』と提案され、現在はセキュリティのしっかりした番用のマンションで三人暮らしをしている。

「――何から何までお世話になってるけど、いいの？」

三人で朝食をとりながら、ふと澪は未だに解消されない疑問を口にする。

「両親は君が苦しんでいる時に、何もできなかった罪滅ぼしをさせて欲しいと言って聞かないんだ。もし気になるようなら、時々隼斗と一緒に、食事に同行してくれないか？」

「そんなんでいいなら、俺は全然構わないけど」

「おれ、じいちゃんとばあちゃんとごはん、たのしいからまたいきたいな」

「じゃあ週末に、みんなで行こうか。両親には私から連絡しておくよ」

マンションの購入費や家具、生活必需品に至るまで全て義実家が支払ったと雅信に教えられた当初は、金持ちの感覚について行けず倒れそうになった。

だが義実家からすれば息子の『真の運命』である澪を大切に扱うのは、当然のことと言われてしまった。

将来藤宮家を支える事になる隼斗を産んだオメガ、という理由で特別扱いされているのかもと考えなかった訳ではない。

けれど雅信から言わせると彼の弟妹も皆アルファなので、性格が穏やかで優しいとされるオメガの澪は単純に可愛いく守りたくなる存在らしい。

——エリートアルファって、オメガに対してなんかフィルターかかってんのかな？

自分は特に容姿が整っているとか、性格がいいとかは思わない。むしろ言葉遣いはがさつだし、お世辞にも魅力あるオメガという訳でもないのは自分でよく分かっている。

ともあれ、日々は平穏に過ぎていく。

就職に関しても、信じられないほど順調に話が進んだ。

保護施設を出るタイミングで、澪は思い切って憧れのパティシエである宮下《みやした》に連絡を取り、就職させて欲しいと頼んでみたのだ。手紙で話を受けてはいたが、どこまで本気なのかは分からなかった。

断られることを覚悟していたが、宮下は二つ返事で澪を正社員として登用すると約束してくれた。

　だが問題はここからだった。雅信の商社が入っているビルに、何故か宮下が経営する店舗の出店が決まり、何故かその店長に澪が抜擢されたのである。

　流石にここまで露骨にされれば、澪だって雅信が宮下に何かしらの取引を持ちかけたと分かった。

　問い詰めたところ、雅信はあっさり事実だと認めた上で『宮下さんのお店のサポートを申し出ただけだ』と笑顔で返された。いつの間にか雅信は澪の知らないところで宮下と連絡を取っており、気付けば出資者の一人になっていた。

　当初は澪の就職が上手くいくようにとの考えから行動していたが、話すうちに打ち解けたのだと言う。お互いエリートアルファで番持ちという共通点があったのも、親しくなれた理由の一つらしい。

　更には『これなら一緒に出勤できるし、隼斗も会社で運営する社内の保育所に預けられる。宮下さんのお店の従業員も使えるよ』と言われてしまえば、反論なんてできるわけがない。

　自分の知らないところで物事が進められる事に対して、正直苛立ちはある。でもこれからお世話になる宮下にも恩恵があるのだとも分かるので、強くは出られない。

「おかあさん……まさのぶおとうさん。はやくしないと、ちこくするぞ」

「え、もうこんな時間？」

「今日は午前中から会議だったのを忘れてた」

「何してんのさ。片付けはしておくから、雅信さんは先に出てよ」

慌ただしく身支度をする両親を横目に、隼斗は保育所の制服に着替え始める。まだ三歳になったばかりとは思えない落ち着きぶりだ。

——良治さんのところにいた頃から思ってたけど、隼斗って精神年齢がかなり高いよな。

エリートアルファとして生まれた隼斗の成長には、目を見張るものがある。今はまだ特別な教育は受けさせていないけれど、保育所でも既にリーダーシップを発揮していると園長から教えられて何とも言えない気持ちになった。

その才能をもっと発揮できる教育を受けさせてやりたいと思う反面、子どもらしく自由にしてほしいとも思う。そして何より、澪は個人的に隼斗には弟妹をつくってあげたいと考えてた。

雅信と最初のセックスで授かった子どもだから、番になればすぐにでも身籠もると考えていたが。しかし抑制剤の副作用もあり、基本的に出産から数年は難しいらしい。特にエリートアルファが相手となると、澪の体が整うまでは難しいのだと琴羽から説明を受けており、事実どれだけ愛し合っても妊娠の兆候は見られない。

——でも、もうそろそろ発情期だから。できてもいい頃だよな。

『真の運命』として項を噛まれて番になった澪は、発情期でなくても雅信を体の奥まで受け入れる事ができるのだ。

そして雅信も週に数回、澪を求めてくる。セックスは濃厚で、愛情も快楽も溢れるほど注がれる。

そんな満ち足りた日常なのだから、些細な悩みなど他人に愚痴れば馬鹿馬鹿しいと一蹴されてしまうだろう。

でも澪としては、やっぱり色々と考えてしまうのだ。


慌ただしく支度をして出社した雅信を見送ってから三十分後。澪も隼斗を連れて家を出た。

途中で保育所へ立ち寄り隼斗を預けると、ビルの一階にあるケーキ屋の店舗に向かう。

社長である宮下が経営する販売専門の本店と違い、澪が任されているのはショップにカフェが併設された店だ。

規模はそれほど大きくはなく、座席はカウンターとテーブルを合わせても十席しかない。ケーキの種類も、本店の半分である。但し、カフェ利用は会員制という、少々特殊な職場だ。

しかしそれ以上に特徴的なのは、店員がアルバイトを含めて全員オメガという点だ。これは宮下が以前から計画していたもので、北條や雅信とコネクションができたこともあり実現した。

宮下自身はアルファだが、様々な事情を抱えたオメガがいると知り、気楽に働ける場を作りたかったと教えられている。

そういった事情もあり、実力があってオメガの自立に積極的な澪に店長として白羽の矢が立ったのだ。

パティシエとして認められただけでなく、従業員を任せられると判断してもらえた事は純粋に嬉しかった。それに宮下も無責任な優しさでなく、定期的に新作の発表を義務づけており、店に出すかどうかの審査も他のパティシエと同様に厳しく審査される。

雅信は『少し厳しすぎるのでは？』と不安げだが、澪としてはエリートアルファの番であるオメガだからと特別視されるより、他の人達と同様に平等に扱ってもらえる方が気が楽だった。

「おはようございます店長。遅くなってすみません」

「おはよう。遅刻じゃないから、大丈夫だよ。野瀬《のせ》君は真面目だなあ」

開店の準備をしていると、バイトの野瀬が駆け込んでくる。彼は親から『お見合い』を毎週のように強制され、半ば逃げるようにして都会へ出てきたオメガだ。

お金もなく路頭に迷いかけていた所を、偶然宮下に出会い今では店が管理する独身寮で生活している。

「試験勉強で寝不足なんだろ？　無理するなよ」

「ありがとうございます。でも僕、早く澪さんみたいに立派なパティシエになりたいから……」

「だからって、体壊したら意味ないだろ。野瀬君は専門学校通ってるんだから、真面目に授業受けていれば受かるって」

支店を作るにあたり、澪は雑誌でインタビューを受けていた。恐らくそれも雅信が手を回したのだろうけど、宮下に貢献できるならと渋々受けた記憶がある。

どうやら野瀬はその記事を見て澪のファンになり、ここで働きたいと申し出た筋金入りだ。現在は製菓学校の夜間部に通いながら、昼はバイトとして働いている。

悪い気はしないけれど、そこまで思われるような人徳があるわけではないと思っているので時々複雑な気持ちになる。

「じゃあ俺は厨房に入るから、接客頼むね」

「はい」

本店から届いたケーキと箱入りの焼き菓子を並べ終わると、澪は支店でのみ取り扱う製菓の制作に入った。

平日は基本的に二人で店を回すが、店舗自体が小さいので問題はない。普段通りに業務をこなし、手が空いたタイミングで休憩を取ったり野瀬にパティシエとしての指導を行う。

澪としては、本当に天職としか言い様がない環境だ。

そして夕方。会社帰りに甘い物を買うお客が訪れ、少しだけ混雑する時間帯に入る。

お客が一段落し、ストックの確認をしようとした澪は不意に肩を叩かれて振り返った。

「久しぶり、結城君……じゃなかった。澪君」

「四箇田さん！　来るなら連絡してくれれば良かったのに」

思わず声を上げると、四箇田がにやりと笑う。

「それじゃ君が驚かないだろ」

四箇田《しかだ》とは良治の元を離れる際に、お世話になった地元住民を集めたお別れ会で挨拶をして以来だ。連絡先は交換していたけれど、それぞれ仕事が忙しくメールの遣り取りもままならなかった。

「良治さんから聞いてたけど、就職してすぐに支店長を任されるなんて凄いな」

「凄いなんて、そんなことないですよ。バイトの方や宮下さんの支えがあるお陰です。彼は平日に入ってくれる野瀬君。こちらは俺が保護施設にいたときお世話になった、四箇田さん」

カウンター内の野瀬に視線を向けると、はにかんだように微笑み会釈をした。

「出張ですか？」

「いいや、今日付でやっと本庁に戻ったんだ。職場が近いから、毎日通うよ」

冗談とも本気ともつかない四箇田の言葉に、相変わらずだなと思わず笑ってしまう。

「という訳なんで、これからもよろしく――」

「あ！　ひろきおにいちゃんだ！」

「四箇田君？」

「お久しぶりです、藤宮さん」

入ってきたのは、隼斗を連れた雅信だった。やはり四箇田の動向は知らなかったらしく、いくらか驚いた様子だ。

「本庁に戻ったんだって……っ、こら。隼斗」

「ひろきおにいちゃん、かたぐるましてて！」

良治の元にいた頃はよく遊んで貰っていたので、早速隼斗は四箇田に駆け寄り肩車をせがむ。

そんな隼斗にも嫌な顔一つせず、四箇田はその小さな手を取った。

「お店の中だと迷惑になるから、外へ行こうな。ちょっと目の前の広場、一周してくる」

「すみません」

何か言いたそうな雅信の横を平然と素通りして出て行く二人に、澪は少し複雑な気持ちになる。

あくまで四箇田は善意でしてくれているから、迷惑だなんて思わない。それに隼斗も四箇田を『遊び友達』として認識している。

ただ問題は雅信だ。

隼斗は雅信を父親と認識してくれているけれど、ぎこちなさが見え隠れする。その証拠にまだ『まさのぶおとうさん』としか呼べないのだ。

あえて隼斗は名前をつけて呼んでいるのだと、澪にも分かる。些細な事だが雅信からすると、他人行儀に感じるらしい。

実家の事情があったとはいえ、三年も会っていなかったのだから自業自得だと雅信は己の責任だと認めている。

その上、他のフリーのアルファに懐いている息子を見るのは辛いのだろう。

「雅信さん。今日はお仕事、早く終わったんですね」

「ああ。夕飯をどうしようかと思って、聞きに来たんだ」

保育所へは、先に仕事が終わった方が迎えに行くと決めてある。終業時刻が決まっている澪はともかく、会議や会食が頻繁に入る雅信が先に帰宅できる日は珍しい。

「お惣菜買って、先に済ませてて。自分の分は買って帰るから」

「分かった」

手の空いているときは料理を作れるけど、お互いに出来合いの物でも気にはしない。雅信の育ちからして結婚したら家事は分担しづらいかもと危惧していたが、臨機応変に対応してくれるので助かっている。

そうこうするうちに四箇田と隼斗が戻ってくる。久しぶりの再会だったが、まだ仕事中という事もあり、また改めてみなで食事でもしようと約束をして解散になった。

のだが……。

翌日も、翌々日も四箇田は約束通り店にやってきたのである。併設された会員制のカフェにも早速登録し、仕事帰りにはカウンター席の端で季節のパフェや新作のケーキを食べていくのが、いつの間にか彼のルーティーンになっていた。

澪としては、気さくで他の常連や従業員とも上手くコミュニケーションを取る四箇田の存在は有り難い。

良いことずくめと気楽に考えていたが、快く思わない人物が身近に存在することを澪は失念していた。

最近、どうにも気がかりな事がある。藤宮雅信は自宅のキッチンで試作品を作る澪の姿を眺めながら、複雑な気持ちを抱いていた。

元々藤宮家は、迎えた番には所謂『専業主婦』として支えて貰うのが慣例となっていた。別に自由を制限する訳ではなく、趣味や習い事などは希望すれば可能な限り叶えるし、旅行などの娯楽も制限はしない。

それだけの財力があるからこそ、オメガには無理をさせず子作りに専念させたいという純粋な善意からの慣例だ。

しかし最近は裕福な家庭でも、番のオメガが望めば仕事を続ける家庭も増えてきている。雅信としても澪が自立を望んでいたのは知っていたし、折角取った資格を無駄にさせてしまうのは申し訳ないと思っていたので、仕事に関しては全く問題視していない。

何より憧れのパティシエに見いだされ、生き生きと店長を務める澪の姿はとても愛らしく素敵だ。

これで常連客の一人である四箇田広毅《ひろき》がいなければ、こんなにも悩んだりはしなかっただろう。

「雅信さん、試食してもらえるかな？　柚のムースタルトなんだけど……雅信さん？」

「ありがとう澪。早速頂くよ」

ケーキ皿を持って首を傾げている澪に、雅信は慌てて頷きそれを受け取る。試作品を作るのは、基本的に帰宅し隼斗が眠ってからだ。これは幼い隼斗に『夜に甘い物を食べてしまう習慣』を付けさせないため、澪が決めた事である。

　早速フォークでムースの部分を掬《すく》い上げて口へと運べば、爽やかな柑橘系の香りが口いっぱいに広がった。

「どう？」

「澪の作るケーキは美味しいね。すぐ店頭に出しても十分通用するよ」

「褒めてくれるのは嬉しいけど、そうじゃないんだよ。雅信さんの感覚で構わないから、もっと突っ込んだ意見が聞きたいんだけど」

　そう言われても、本気で美味しいのだからほかに言い様がない。

　不服そうに口を尖《とが》らせる澪に見守られながら、雅信は素晴らしい新作ケーキを完食する。

「本家の料理長も、君のケーキを褒めていたよ」

「……だから……もういいよ。雅信さんに聞いたのが間違いだった。明日も四箇田さん来るだろうから、食べて貰うことにする」

　いつもなら特段気にしない言葉だけれど、どうしてか今日は気になった。

　テーブルに皿を置くと、雅信は澪の手を引いてやや強引に膝の上へ座らせる。

「なに？」

「澪、四箇田君に近づきすぎじゃないかな？　接客はアルバイトに任せて、君は厨房に専念すればいい」

「別に四箇田さんだけ特別扱いしてる訳じゃないよ。あの人は真面目に感想くれるから参考になるんだ。それに、カウンターにいればお客さんの反応も見れるし、野瀬君だけに任せてたら負担も大きいだろ」

四箇田は澪が『れもん』で働いていた頃から、料理に厳しい感想をくれるのだと話では聞いていた。

特別美食家という訳ではないが、冷静な意見を言ってくれるので澪はかなり信頼している。

「けれど彼はフリーのアルファだろう？　何かあってからでは、遅いんだよ」

「浮気とか疑ってんの？　俺の事が信用できないって事？」

「違う。そうではないんだ」

「四箇田さんはお客さんで、友達。それ以上でも以下でもない」

あまりにきっぱりと言い切られると、逆に腑に落ちない。そんな雅信の気持ちが伝わってしまったのか、澪が眉を顰めた。

「もしかして、四箇田さんに何か言った？　正直に答えて」

「あまり君に近づかないで欲しいとだけ……」

先日我慢できずに、つい四箇田に詰め寄ってしまったと告げれば、呆れたようなため息が返された。

自分でも情けない行動をしたと反省しているが、親しげに会話する二人を見ているとどうにも心が落ち着かないのだ。

「澪が魅力的すぎて、不安になるんだよ」

「まさか俺、フェロモン出てんの？」

「出ていないよ。勘違いさせるようなことを言って、すまなかった」

青ざめる澪に、雅信は慌てて否定する。以前発情が安定していなかった時期に、澪が自身のフェロモンに関して思い悩んでいたのはよく知っている。

その記憶を揺り起こすような失言をしてしまった事を反省しつつ、雅信は己の気持ちを正直に告げた。

「君はその、アルファを引き寄せる程の美しさを持っているんだ。なのに君自身は、それを理解していない」

「……本気で言ってんの？」

「私はいつも本気だよ」

誠実に気持ちを伝えたのだが、何故かそれは澪の不安を怒りに変えただけに終わる。

「いい加減にしろよ！　美しいとか、魅力的とか。大げさすぎ！」

「澪、私は――」

「もういい。今日はもう話したくないから、別々に寝よう。俺、ソファで寝るから雅信さんは寝室に行ってよ」

落ち着かせようとその手を握るが、振り払われてしまう。澪も咄嗟《とっさ》に取った行動がまずいと感じたのか、唇を噛んで俯く。

困らせたい訳ではない。個人として四箇田が信頼の置けるアルファだとも、頭では理解している。なのに暴走する感情が抑えられないのだ。

リビングに落ちた沈黙を破ったのは、すでに寝ている筈の隼斗だった。

「おかあさん、どうしたの？」

目蓋を擦りながら入ってきた隼斗を、澪が抱き上げる。

「ごめん。煩かったよね」

「ううん、おといれでおきただけ。あのね、きょうはいっしょにねてもいい？」

「でも……」

困ったように澪が眉尻を下げる。子ども部屋のベッドは、隼斗のサイズに合わせた物だ。なので必然的に、夫婦の寝室に隼斗を入れることになる。

普段なら親子三人で眠ることに、何ら問題はない。むしろ澪はエリートアルファとして、自立心を養う為に隼斗に独り寝をさせる事に関して納得していない節もある。

けれど喧嘩をしてしまった手前、隼斗の言葉にどう答えていいのか澪は困り果てている。

「二人で寝室を使えば問題無いよ」

「雅信さんはどうするの」

「私がソファで寝るよ」

すると澪に抱かれていた隼斗が手を伸ばし、雅信の袖を摑む。

「やだ。おとうさんも、いっしょがいい」

思わず二人して顔を見合わせた。三人で一緒に暮らすようになっても、隼斗は頑なに雅信を『まさのぶおとうさん』と呼んでいたからだ。これは自分の責任なので、雅信としては一度も訂正を促した事はない。

澪は隼斗と二人きりの時に何か話しているようだが、変化がないままだった。

「おかあさんと、おとうさんとねる」

袖を摑む小さな手が、小刻みに震えているのが分かる。

はじめての我が儘に何か言いたげな澪を制し、雅信は優しく語りかけた。

「分かったよ、隼斗。三人で寝よう。それでいいね？」

澪に視線を向けると、無言でこくりと頷く。子どもの気持ちを蔑ろにしてまで、夫婦喧嘩をするつもりはない。

「私は寝室で隼斗に絵本を読んで待っているから、澪はお風呂に入っておいで」

「おかあさんがくるまで、おれ、ねないからね。おふろでたら、おへやにきてね。ぜったいだよ」

指切り、と言って右手の小指を出す隼斗に、澪も微笑みながら小指を絡める。

その夜は久しぶりに、親子三人川の字になって眠った。

翌日、澪は普段と同じ朝を迎えた。

昨夜の事で何か言われるかと身構えたけれど、雅信は特に変わらない。

――雅信さんが気を遣ってくれてるのは、分かるんだけど……。

勢いで怒鳴ってしまったが、冷静になると雅信の気持ちも理解できる。長く番を拒んでいたせいか、雅信は時折不安げな表情を見せるのだ。正式に番となるにあたって、琴羽からエリートアルファ特有の性格みたいなものを教えられた。

簡単に言えば『執着心が強い』ということだが、正確には少し違う。

番を求める本能が強い分、見初めたオメガには生涯をかけて尽くすらしい。それを束縛と捉えるか、強い愛情と受け止めるかは人によって違う。だが共通するのは、番を拒まれたエリートアルファは、本人も意識しない心の奥底に傷を負うという点だ。

——分かってたのに。

雅信だって、本気で四箇田を遠ざけるつもりではない。むしろ真面目な性格故に、理不尽な感情を持つ己を恥じているだろう。

謝らなければという気持ちがある一方、怒りもある。

結局、謝るタイミングを見つけられず気まずい気持ちを抱えたまま、表面的には何でもない振りをして澪は先に家を出た。

幸いなのは、隼斗が二人の変化に気付いていないことだ。

「らいしゅうのさんかんび、おかあさんきてくれる?」

「うん。休み取ったから、行くよ。お父さんも一緒だからね」

「やったー」

子どもながらに、雅信が激務だと隼斗は認識しているらしい。休日も遊びに行こうとせがんだりしないので、逆に心配になってしまう。

北條の元にいた頃は、周囲には子どもが楽しめるような施設はなかった。なのでできれば水族館や動物園などへ連れて行ってやりたいのだけれど、隼斗はそういった希望を全く言わない。

――興味が無いって訳じゃなさそうだし。それとももっと、別の施設の方がいいのかな？

エリートアルファの子どもは発達が早いと聞くので、一般的に子どもが楽しめる施設では物足りないのかと考えてしまう。

保育所へ隼斗を預けて、澪はいつも通り仕事先へ向かう。ほぼ同時に出勤した野瀬と共に店舗の準備をし、特に変わらない日常が始まった。

「――そろそろかな」

時刻が十七時を少しすぎたころ、四箇田が店を訪れる。彼はいつの間にか、本店の方でも常連になっていた。

「こんばんは、澪君。野瀬君、いつもの珈琲とショートケーキお願いね」

「はい」

会員専用のカフェは、磨りガラスの扉でケーキショップ側と区切られている。四箇田は扉を開けてカウンター席に座ると、早速定番商品の注文をする。

「いつもありがとうございます。でも毎日食べて、大丈夫ですか？」

「俺の仕事って、意外と体力使うんだよ。市役所にいた頃はデスクワーク中心だったけど、今は本庁内を駆けずり回っててさ。だからカロリー取らないと死ぬ。そりゃ簡単に食べられる携帯食はあるけど、できれば自分の気に入ったお店で美味しい物を食べて補給したいじゃん？」

笑いながら話す四箇田に、嘘は感じられない。実際、ここを出てからまた本庁へ戻り、深夜まで働いていると知ったのは最近だ。

四箇田からすれば、息抜きにはもってこいの場所なのだ。

そんな四箇田に余計な心労を与えてしまった雅信の失言を思い出し、澪は頭を下げる。

「折角気持ちよく食べて貰っているのに、雅信さんが失礼な事を言ったって昨日知りました。気付かずに、すみません」

「あー、その事か。気にしてないから、謝らないで。野瀬君、チェリーのミルフィーユも追加で！」

ケーキを口に運びながら、四箇田があっけらかんと笑い飛ばす。

「流石に既婚者には、手を出さないって」

「ですよね」

以前、彼からのプロポーズを断った手前、気まずい気持ちは少なからずあった。しかし四箇田は、過去のこととして切り替えてくれている。

「仕事上、番を持ったオメガは絶対に気持ちが揺るがないって知ってるからさ。それに、一度は告白した相手を困らせるような真似はしたくないじゃん」

「四箇田さん、そんなに優しいのにどうして番いないんですか？」

「俺も不思議に思ってる。こんなイケメンで、モテそうなのになぁ」

わざとらしく腕組みをして頷く四箇田の姿に、澪の背後で野瀬が噴き出す。

「しかしエリートアルファは嫉妬心や執着が強いって噂はあるけど、本当なんだね。琴羽さんに教えたら、喜んで論文書きそうだ」

「良治さんも、確かエリートアルファですよね？　なんか嫉妬とかしなさそうだけど」

施設でお世話になった良治のイメージは、落ち着いたロマンスグレーのダンディな男だ。嫉妬とは無縁に思える。

「昔の事は知らないけど、ああいう冷静そうなタイプって内心じゃ嫉妬心すごそうだけど……琴羽さんが気付いてたかどうかが問題じゃないかな？」

「確かにそうかも」

穏やかでふわふわとした琴羽が、良治の嫉妬に気付いていたか正直疑問だ。

ともあれ、今問題なのは、雅信に関してである。

「心配なら、日を改めて話するって藤宮さんに伝えてよ。隼斗君はもう甥っ子みたいな感覚だし、隼斗君経由で澪君を狙うとか、そういう気持ちもないからさ」

隼斗の名前が出て、澪はふと気にしていた悩みを口にした。

「そうだ、隼斗の事なんだけど……遊園地や動物園に行きたいとか、全然言わないんだよね。これも、エリートアルファだからかな？」

「それこそ、藤宮さんと話し合うべきだよ」

「頼ってばっかりで、呆れられないか心配なんだ」

「二人の子どもなんだから、一緒に悩めばいいいんだよ。帰ったら隼斗君の相談から、話を切り出してみたら？　早く仲直りもしたいだろ」

「うん……そうしてみる」

まずは雅信と話をすることが先決だと指摘され、澪は頷くしかなかった。


帰宅後、やはり雅信と話す切っ掛けが掴めず、どうしても当たり障りのない素っ気ない遣り取りに終始してしまう。

昨夜からの気まずい気持ちを引きずったまま、澪は雅信の待つ寝室に入った。本当はリビングで寝ようかと考えたけれど、逃げるばかりでは拗《こじ》れるばかりだと思い意を決して扉を開ける。

寝室に入ると、椅子に座り文庫本を読んでいた雅信が慌てた様子で立ち上がる。

「澪」

どこかほっとした声で名を呼ばれ、澪は小首を傾げた。

「どうしたの、雅信さん」

「来てくれないかと思っていたんだ。昨夜はすまなかった」

相変わらず物言いが大げさだと思うけれど、『嫉妬心や執着が強い』という四箇田の言葉を思い出す。

「あ……うん……」

寝室に入る直前まで迷っていたとは言い出せない雰囲気に、澪はどう返答したら良いか分からず適当に頷く。

——そうだ、隼斗の相談！

四箇田の言葉を思い出し、澪は口を開く。

「隼斗なんだけど、動物園とかに興味ないみたいでさ。いろんな所に連れて行ってあげたいんだけど、エリートアルファってそういうの興味ないのかな？」

少しわざとらしいとは思ったけれど、悩んでいたのは事実だ。すると雅信も思うところがあるのか、口元に手を置き考え込む。

「恐らくだけれど、遠慮をしているのだと思う。私も両親が忙しくしていたから、幼い頃は一人でできる遊びを好んでいたよ。決して興味がない訳じゃない」

「なら、今度動物園に行こう」

「そうだね。次の日曜は空いているから、秘書に会議を入れないよう連絡しておこう」

あっさり解決したのは良かったけれどこのままでは、また謝るタイミングを逃してしまいそうだ。きっと雅信は澪が謝らなくても、昨夜の喧嘩をなかったこととしてしまうに違いない。

しかしそれは、間違った優しさだ。

「あのさ、雅信さん……」

険しい表情で近づいて来た雅信に気圧され、続く謝罪の言葉が出てこない。無言で見据えてくる雅信に困惑する澪の前で、突然彼が頭を下げる。

「夕べの事なら、私が全面的に悪い。頼むから離婚だけはしないで欲しい」

「な、なんでそういう考えになるんだよ！　する訳ないだろ！　それと謝るなら、四箇田さんにもきちんと謝って」

「ああ、彼にも申し訳ないことをした。次に会ったときに、謝罪をする」

「いいから顔上げてよ」

項垂れる雅信の手を取って、ベッドへ腰掛けるように誘う。寄り添って座り明かりを落としてから、澪は雅信にそっと寄り添う。

「これじゃどっちがエリートアルファか分からないよ」

「本当だね」

優しく笑いながら、雅信が澪の腰に手を回す。

「昨日、澪がお風呂に入っている時、隼斗に叱られたよ。『おかあさんをなかせたら、おとうさんでもゆるさない』って」

「喧嘩したの、聞かれてた？」

「全部は聞いていないようだけれど。あの子は察しがいいからね。トイレに起きた時、聞こえた会話で大体理解したようだ」

「三歳でそれだけ観察力あるとか、やばいな。うっかり夫婦喧嘩もできない」

子どもにまで気を遣わせてしまうなんて、親として情けないと思う。

「俺が言うのもなんだけど、これからは話し合いで解決しよう。それと夕べは俺も言い過ぎた……ごめんなさい」

「君の気持ちも考えずに、暴走した私が悪いんだ。澪が謝ることじゃない」

雅信の言葉に甘えてしまいそうになるけれど、澪は首を横に振る。

「それじゃ駄目なんだってば。あのさ、俺の事怒って。でないと俺、自分が許せない。雅信さんの番として、足りてないってのは自覚してるから」

「澪……」

流石に困った様子の雅信だが、澪は撤回するつもりはなかった。

「謝罪の言葉を貰っただけで、十分なのだけれど」

「だから、それはフェアじゃないだろ！」

すると雅信が暫し考え込む。

「ねえ、澪。そもそも謝罪とは、相手が納得する方法で行うものじゃないかな？」

「……うん」

「だったら、私が求める形での謝罪をして欲しいのだけど」

「いいよ」

頷くと、雅信が澪の耳元に口を寄せて囁く。内容を聞いた澪は、一瞬にして首まで真っ赤になった。

「本気っ？　そんなんで、いいの？」

「勿論だよ。今言った方法で、謝って欲しい」

自分から提案した手前、嫌だとも言えず澪は立ち上がって雅信の正面に立つ。そして身を屈めると彼の肩に手を置き、自分から口づけた。

「……愛してます、雅信さん。ごめんなさい」

触れるだけのキスの後、吐息のかかる距離で謝罪の言葉を口にする。

——部屋の明かり、消しといてよかった。

キスよりももっと恥ずかしい姿を雅信には見せている。けれど、こんなキスは始めてで何だか気恥ずかしい。

「澪、もう一度」

「ごめんなさい」

「違うよ、その前」

「あ、愛してます……？」

「私もだよ澪。もう一度、今度は私を受け入れながら言って欲しいな」

抱き寄せられ、澪は大人しく雅信の腕の中に収まる。発情期でもないのに、体の芯が甘く疼き出すのが分かった。

「いい香りだ。発情期が近いのかもしれないね」

項を噛まれて番になったオメガは、定期的に発情を繰り返す。ただし昔と違って生まれてから投与し続けた抑制薬の副作用もあり、確実な生殖は望めない。

だからこうして普段からセックスを繰り返すことで受精の準備を整え、孕みやすい体作りをするのだ。

勿論、子を産みたくなければ抑制薬や避妊薬を使って、発情期を乗り切る番もいる。良治の施設を出てから澪は何度か発情期を迎えたけれど、仕事が忙しかった事もあり抑制薬を飲む事を選んだ。

それでもセックスをしなければ、疼きは治まらない。なので、雅信に数日の『発情休暇』を取って貰い、隼斗も専門のお泊まり保育に預けて過ごしたのだ。

「それなんだけどさ、そろそろ二人目の準備。どうかな？　お店は宮下さんの方針で、いつでも育児休暇取っていいって言われてるんだ」

いつも仕事で支えてくれる野瀬も、来年には国家資格の試験がある。落ちることはほぼ無いと宮下からも太鼓判を捺されているので、順調にいけば澪が産休を取る間は支店を任せても問題無いはずだ。

「隼斗も手がかからなくなってきたからさ。いいかなと思って」

元々隼斗は手がかからないけれど、ここ最近の成長はめざましい。

「あ、雅信さんがよければって前提だから、無理には……」

「反対するわけがないだろう」

くるりと体勢が入れ替わり、澪はベッドに押し倒された。既に張り詰めた雅信の性器が、パジャマ越しにも分かる。

「次の発情期までに、澪の体を整えないとね」

「うん……」

無意識に脚をすり寄せ、雅信の性器を太股で擦る。本格的な発情期は先なのに、どんどん淫らになっていく自分が少しだけ怖い。

そんな澪に、雅信が愛おしげに口づけた。

「愛してるよ、澪」


俯せになった澪の背に、雅信が覆い被さる。既にパジャマも下着も脱ぎ捨てられ、裸で睦み合いながら、互いに性感を高めていく。

「あっ……あぅ、っ――」

下半身だけ抱え上げられた澪の性器に、反り返った雅信の雄が触れている。彼が動く度に性器が擦れ、その刺激で後孔から愛液が滴る。

クッションに顔を埋めた澪は、もどかしい愛撫に身を捩りすすり泣いていた。

「も、焦らさないで……ッあ、ぁ」

不意に雅信の手が澪の中心を扱《しご》き、堪えきれず射精してしまう。出している間も手の動きは止まらず、澪が萎えるまでその意地悪な行為は続けられた。

「はやく、なか……に、あぅ……」

すっかり蜜液が出なくなったのを確認してから、やっと手が離された。これで澪は、後孔での快楽に集中することができる。

「発情期に入ったら、中だけを愛する事になってしまうけれど。大丈夫そうかい？」

「……雅信さんにしてもらえるなら、平気……」

オメガとして性的に未熟な澪は、前への刺激が必要だ。本格的な発情期に入り、雅信の理性が無くなってしまえば、徹底的に内部を愛されるのは分かっている。

数日間、自身に触れられず深い絶頂を繰り返すセックスに澪はまだ慣れていない。

「だから、次の発情が来る前に。俺の体を後ろだけでイけるようにして」

自分の痴態を前にして反り返っている雅信の性器に、腰を押しつける。

初めてのセックスで隼斗を授かったのは、『真の運命』という関係性は勿論だが、やはり奇跡的な幸運があったからだ。

二度目も確実に授かれるとは限らないので、できるだけ受精しやすいように体を整えようと二人で話し合って決めている。

「そうだね、でも辛かったら言うんだよ」

「ん……ぁっ」

両手で腰を摑まれ、入り口に先端が宛てがわれた。愛液と先走りで濡れたそこは、難なく太い雄を飲み込んでいく。

完全に発情した状態でなくても、雅信の性器は十分大きい。硬い先端や張り出した雁首、幹も太く易々と澪の『オメガの子宮』まで届く長さを持つ。

それがゆっくりと体を征服していく感覚に、被虐的な悦びと愛しさの入り交じる感情が澪の心を満たしていく。

「あ、ぁ。はいっちゃ……ぅ」

「噛むよ」

「はい……っん」

項に雅信が口づけてから、そっと歯を立てた。まるで獣のような交わりに、ぞくぞくと背筋が震え全身が歓喜する。

噛まれる度に、澪は自分が雅信の物なのだと実感させられる。それは決して嫌な感情ではなく、酷く満ち足りて幸福な気持ちになるのだ。

「あ、ぅ……ふ……あ、ぁ……雅信、さん……」

名前を呼んでも雅信は噛み付いているから、いつものような優しい囁きが返されることはない。

耳元で聞こえるのは、雅信の荒い呼吸だけ。

このまま喰われてしまうのではと錯覚するほど怖いのに、淫らな悦びが勝る。

——俺、雅信さんと子作りの準備、してるんだ……。

彼が欲情するのは自分だけだと、澪は本能で知っている。それがとてつもなく嬉しくて堪らない。

入り込んだ雄が容赦なく中を擦り、吸い付く肉襞を愛撫する。

「あ、うっ」

ずんと突き上げられ、澪は背を反らした。

オメガの子宮に響く力強い衝撃に、生理的な涙が零れる。

数回小突かれると奥がじんわりと熱を帯び、澪はクッションに爪を立てた。

「まって、深いの来そう……ひゃんっ」

まるで本気の子作りのように中を愛され、カリがオメガの子宮に挿ってしまう。

「やっぱ、後ろから……だめ……」

「どうして、澪の中は悦んでいるよ」

涙声で訴える澪が心配になったのか、雅信が一旦口を離す。

「つう……弱い場所、増えるから……動いちゃ……や……」

しかし答えを聞くと、再び強く歯を立てた。

抱かれる度に、弱点が増えていく。

特に背後からだと普段刺激されない場所にカリが押し当てられるので、開発されていく感覚が強い。

逃げようと藻掻いてみても、エリートアルファに押さえ込まれたオメガが動ける筈もない。

感じる場所を徹底して刺激され、澪は一気に上り詰めた。

「あうっ、ひッ」

絶頂して痙攣する中で、雅信の雄が動き続ける。

耳元で聞こえる雅信の荒い呼吸にも感じて動けなくなった澪の中から、硬いままのそれがずるりと引き抜かれた。

「すまない澪、意地悪しすぎたね」

「雅信さんの顔、見てイきたかったのに……」

くたりと力の抜けた体を仰向けにされ、澪は心配そうに覗き込んでくる雅信を見上げた。

「……まだイってないのに、抜いたの？　一人でなんとかするとか、言うなよ」

いくら暗いといっても、彼が射精していない事は澪にも分かる。

――優しいけど、どっかずれてるんだよな。

答えない雅信に、澪は自分で膝裏に手を回し脚を開く。

「……きて」

全てさらけ出す体位は恥ずかしいし、以前の澪なら屈辱的だと感じていただろう。でも今は、雅信を満足させたい気持ちが強い。

「素敵だよ、澪」

「そういうの、いいからっ」

けれど恥ずかしいものは恥ずかしい。雄を欲してヒクヒクと震える後孔を賛美されて、澪は耳まで真っ赤になる。

そんな恥じらう姿を前にして、雅信は嬉しそうに微笑む。澪の愛液を纏い付かせた性器が触れ、再びゆっくりと埋められていく。

焦らす事無く根元まで挿入され、澪はほっと息を吐いた。

「雅信さん、そのまま……動かないで」

「辛いのかい？」

「そうじゃなくて……ええと……」

ぎゅっと下腹部に力を込めると、流石に雅信も眉根を寄せた。

「澪っ？」

「形、覚えたいから。俺の中、雅信さんの形にしていいって言ってるのに……いつも有耶無耶にするだろ？　だから――きゃんっ」

唐突に与えられた刺激に何が起こったのか分からないまま、澪は子犬のような悲鳴を上げて仰け反る。

敏感な最奥を強弱を付けて突き上げられ、澪は快感で潤む瞳で番を睨み付けた。

「ずる、い」

「狡《ずる》いのは澪だよ。私の理性を試しているのかい？」

「そんなんじゃ……あぅ」

達したばかりで敏感な内部は、どこを擦られても感じてしまう。逃げようとする腰はあっさりと捉えられ、緩く揺さぶられる。

「嬉しいよ澪。私の形を覚えて、弱点ばかりになったら……どれだけ魅力的に乱れるだろうね」

「や、やっぱ今のナシっ、忘れて……あ、ぁっ」

「ほら、ココ。前よりも感じるだろう。反応が全然違う。前立腺は大分膨らんだね。良い傾向だ」

「ひぃ、あ……ぁ」

ゆっくりと引き抜かれ、反応する場所を言葉と性器で丁寧に教え込まれる。

「入り口もすっかり感じられるようになったね。澪は何処が好きかな？」

「っ、ん」

理性があっては、とても答えられない問いかけだ。咄嗟に口を噤むと、雅信は反応を見越していたのか、最奥を優しく小突く。

弱点を愛されて、澪は喘ぎながら答えた。

「全部きもち、い……雅信さん……あ、あっ。すき、奥まできてる……ぐりぐりして、っ」

「他には？」

「……っ……一番おく……狭いとこ、雅信さんの……カリで、撫でて……も、ゆるして……」

オメガの子宮口をいじめられるのが好きだと、告白させられてしまい澪は羞恥で泣き出してしまう。

「可愛いよ澪」

愛液が溢れ、雅信が動く度に湿った音が室内に響く。縋り付いて鳴き喘ぐ澪を、雅信が強く抱きしめた。

「っあ……あ、ぁ」

やっと奥に精液が注がれ、澪は安堵のため息をこぼす。

「きもち、い……すき……」

まるで飲み干すように内部が雄を食い締める。

甘い快感に浸りながら、澪は優しくて少し意地悪な番に自分から口づけた。

乱れた呼吸が整うと、雅信は愛し合った互いの体を手早く拭いて清める。濡れたシーツも取り替えたかったが、澪が『端に寄ればいいから』と拒絶し、温もりを求めてきたので番の希望を優先することにした。

「……俺、雅信さんと番になったのに、前よりいやらしくなってる。俺みたいなのが番なんて、やっぱりよくないよな」

「何故そんな事を言うんだい。私の番は澪だけだ」

腕の中で不安そうに呟く澪に、雅信は驚きを隠せない。

「だったらせめて、赤ちゃんできたら暫くは強めの抑制剤を飲むよ」

「そこまでする必要は無い。いくら抑制剤は胎児に影響がないと言っても、飲む必要はないだろう」

第一、澪の職場は番持ちのオメガも多く働いており、妊娠に関しても理解がある。

「うん……」

歯切れの悪い答えに、澪の悩みが別の所にあると気付く。

「でも、今回もフェロモンが強く出ただろ。やっぱり上手く調節できてないと思う。このままじゃ、雅信さんの仕事にも支障が出るし……」

「私はネット環境があれば、問題無いよ。それに仕事より、番を優先するのは当然の事じゃないか」

以前から澪が自身のフェロモンに対して、過敏だと雅信も知っている。琴羽からも『個人差がある』と説明されている筈だが、約三年離れていたせいで分泌器官が不安定になっているのは否めない。

「フェロモンに関しては、私の責任なのだから。澪が悩む事はない」

愛しい番を苦しめる原因を作ったのは、己の愚行のせいだ。

「雅信さん……」

「どうしても気になるなら、今度の休みに琴羽さんのところへ行って薬を処方して貰おう。私は君が健やかにいられるよう、できる限りの事をするよ」

額にキスを落とすと、腕の中で澪がむずかるように笑う。

「もう雅信さんは……どうしてそんなに優しいんだよ」

「馬鹿な私を許して、番にまでなってくれた澪の方が優しいと思うよ」

真面目に答えると何故か澪が泣き出すので、雅信は慌てる。

「っ……顔見ないで、ぎゅってして」

乞われるままその華奢な体を抱きしめる。小さなすすり泣きが穏やかな寝息に変わるまで、雅信は澪の髪をそっと撫で続けた。

数日後。澪は店を訪れた四箇田に、雅信と仲直りしたことを報告した。

暫くすると仕事を早めに切り上げた雅信が入ってきて、こちらは丁寧に頭を下げる。

「先日は申し訳なかった」

「気にしてないですよ。エリートアルファが焦るなんて、滅多に見られないですし」

「ええ、お恥ずかしい態度を取ってしまった事を、心からお詫びします」

少し意地悪く告げる四箇田の物言いに気付いたのは澪だけで、雅信はひたすら恐縮している。

「これだからエリートアルファは……」

ぼそりと小声でぼやいた言葉が本音だと察するが、あえて聞かなかったことにする。番の澪でも時々『ずれてる』と思う時があるので、アルファからすれば少なからず苛立つのだろう。

「それとご安心ください。俺も相手ができたので」

さらりと爆弾発言をされて、澪は驚いた。激務な上、ほぼ毎日カフェに来ていたので、いつそんな出会いがあったのかと首を傾げる。

「四箇田さん『お見合い』してたの？」

「いや、『お見合い』じゃないんだ」

なぜか四箇田は、澪の背後に視線を向けた。つられて同じ方向を見ると、頬を染めてはにかむ野瀬と視線が合う。

「店長にお伝えするのが遅れて、すみません」

「もしかして、野瀬君となの？」

「四箇田さんと、お付き合いさせて頂いてます」

こくりと頷く野瀬の手を思わず握り、澪は微笑む。彼もまたオメガとして生まれたせいで、不本意な結婚を強いられそうになり、実家から逃げてきた経緯は澪も知っている。

そんな野瀬が『お見合い』ではなく、恋愛という形で四箇田を番に選んだことは純粋に嬉しく思う。

「おめでとう！」

「先週婚約したんだ。うちの両親が気に入っちゃってさ、息子の俺の前で『脅されてないか』とか聞いて、大変だったよ」

「四箇田君は、ご両親から信頼されていないのかな？」

「雅信さん、ちょっと黙ってて」

悪気が無いと分かっていても、今は黙らせた方が良いと判断する。

「番になっても、仕事してていいって四箇田さんは言ってくれたので」

「パティシエになって独立するのが夢なんだから、当然だろ。辞めるなんて勿体ないよ。四箇田さんはその点理解あるし。うん、本当に良かった。おめでとう」

『お見合い』で引き合わされる場合、運が悪いとアルファ側の指示で仕事を辞めさせられる懸念もある。その点、全てを理解した上で求婚してくれた四箇田なら信頼が置ける。

「あのさ、よにんでけっこんしきすれば、たのしいよな！」

それまで黙って大人達の遣り取りを聞いていた隼斗が、チョコケーキを頬張りながら口を挟む。

子どもの他愛ない発言だが、澪はそれも良いかと思う。自分達の挙式はまだだし、四箇田の方も、野瀬側の親族を呼ぶのは難しいだろう。

だったら四人と親しい身内で挙げてしまうも、ありかも知れない。

「煩い親戚は呼びたくなかったから、丁度良いかもしれないね」

澪が視線を向けると、雅信は察したのか頷いてくれる。

「どう、野瀬君？」

「僕は四箇田さんが良ければ」

「俺はそれでいいぜ」

賑やかに笑い合う店内に、お客が来たことを知らせる鈴の音が響く。

「いらっしゃいませ――」

幸せな日々が始まる予感に、澪は胸を躍らせた。

はじめまして、こんにちは。高峰《たかみね》あいすです。

クロスノベルスさんからは、十七冊目の本になります。

有り難い事です。

いつも読んでくれる皆様と、編集さん。そして本を出すにあたって、携わってくださった方々のお陰です。

素敵なイラストを描いてくださったkiwi先生。ありがとうございます。隼斗《はやと》の可愛らしさがマックスです！　エリート感溢れる雅信《まさのぶ》と、可愛さと心の強さがある澪《みお》を素敵に描いて頂いて感謝しています。

担当様には色々とお手数をおかけしてしまって、すみませんでした。

そしていつも見守ってくれる家族と友人には感謝です。

今回はいつもよりちょっと（本当にちょっと）だけ、後書きが多めです。何を書いていいのか、いつも迷います。作品の事を書くのが苦手なのですが……とりあえず、小ネタ的な内容でいきます。

あとがき

四箇田《しかだ》（アルファ）が雅信（エリートアルファ）に対して当たりが強いのは、恋のライバルという事もありますが根本的に「性格が合わない」だけです。お話し的に一段落した後、飲みに行くくらいには仲良くなってます。大人同士なので、喧嘩はしません。

雅信はめっちゃ少ないエリートアルファな上に育った環境がこれまた良いので、悪意を向けられない限りは誰に対しても、ものすごーく善人。

そしてアルファとはいえ「エリートアルファには敵わない」と分かってる四箇田は、雅信の優しさにどうしても苛々してしまう……という構図があります。でも四箇田はそんな自分の理不尽な感情が分かってるので、どっちかというと「苛つく自分が嫌だ」という面倒な状況なのです。まあ、番を持てば、四箇田も落ち着くんじゃないかな。落ち着けばいいな。

個人的には隼斗の将来とか、雅信ママととパパの馴れ初めとか書いてみたいですね。

雅信ママはパパの『お見合い』を、大学の学食で知らされます。この時までママは、告ろうかどうしようか迷ってる状態。友達から教えて貰ったママは、パパのところに行って「私と結婚しろ！」と迫りパパが「はい」

と応じて……実は両思いだったと分かって結婚に至ります。学食でそのまま午後の講義を潰して、披露宴状態になってもいいな。

パパはおっとりしたオメガですが、経営に関してはとてもシビアな方です。婿入りして会社を継いだという経緯もあるので、家族と会社を守るためには全力を注ぎます。

同じオメガとして逃げた澪のことは、かなり心配してました。発情した辛さを知るのは、やはり同じオメガしか本当の意味で理解できないので。

隼斗君は早熟なので、かなり早く親離れをします。澪の事は大好きだけど、雅信がちゃんと守ると理解すると自分の道を進もうと決めるでしょう。もしかしたら北條《ほうじょう》達の元で色々と勉強する。なんて未来もあるかもしれません。


思いつくまま、つらつら書いてしまいました。肝心の主人公である雅信も澪、そして隼斗ですが。彼等もこれから紆余曲折あるとは思いますが、幸せに暮らしていくことは確実です。

あとがき

最後までお付き合いくださり、ありがとうございました。
読んでくださった皆様に、少しでも楽しんでもらえたなら幸いです。
それではまた、ご縁がありましたらよろしくお願いします。

高峰あいす公式サイト・「あいす亭」http://www.aisutei.com/
公式ブログ・「のんびりあいす」http://aisutei.sblo.jp/　こちらの方が更新多めです。

CROSS NOVELS既刊好評発売中

スズははーとのいみで
タイチがすきか？

狛犬は赤い恋糸を結ぶ

真崎ひかる

Illust 陵クミコ

ベーカリーでアルバイトをしている寿々は、常連客の喜瀬川にほのかな恋心を抱いていた。

ある日彼を追いかける子どもを見てしまい、失恋——と思いきや、その子どもの正体は喜瀬川に取り憑いている狛犬だった！

さらには縁結び修行中の狛犬たちが「らぶらぶにしてやろう」と喜瀬川にまじないをかけると、彼から突然キスされてしまい……!?

包容力系紳士攻め×純情健気受け＋双子の狛犬のハートフルラブ♡

CROSS NOVELS既刊好評発売中

私の生涯を懸けてあなたを愛します

オメガの僕がお見合いします

秀 香穂里　Illust 佐倉ザクロ

オメガとして身も心も成熟する適齢期を迎えた真雪。けれどまだ恋をしたこともなく発情期には部屋にこもり一人慰めやり過ごす日々。

そんな真雪に突然見合い話が持ち上がった。相手は父のお気に入りのアルファで貿易会社社長・久遠。

内気な真雪は期待と不安に揺れながら一度だけならと彼と会うことに。だが耳をくすぐる美声と温かな美貌の久遠に出会った瞬間、何かが始まる予感にぽうっとなって…!?

お見合いから始まる溺愛ディスティニー♥ラブ

CROSS NOVELS既刊好評発売中

君は私にとって世界で一番大切な人

異世界遊郭物語
～銀狐王の寵愛～

櫛野ゆい　Illust 八千代ハル

早くに両親を失った学生の悠人は、気がつくと獣人が暮らす異世界に。

行き場がなく男色専門の遊郭で働かされることになるが『耳ナシ』と不気味がられ、誰一人客がつかず下働きをする日々。

しかし町で困っている時助けてくれた、優しい狐の獣人・東雲に「君をほかの男に買われたくない、独占させてほしい」と、買い占められてしまい!?

大正ロマン風異世界で、甘やかし上手の獣人×頑張る健気な色子の恋が花開く♡

CROSS NOVELS既刊好評発売中

ずっとそなたに恋をしてきた

黒妖精は聖騎士の愛をこいねがう
チェンジリング

沙野風結子

Illust 奈良千春

18歳の生誕日に妖精王から力を授けられる、特別な取り替え子・アンリ皇子。皇子に忠誠を誓う騎士オルトは、深まるアンリへの愛しさに苦悩していた。そしてアンリもまたオルトへ強い想いを抱く。

だが敵の策略により、18歳目前でアンリは妖魔に堕とされてしまう。自制を失ったアンリの欲望を自身の体で宥めるオルト。皇子のためと言い訳しながら、愛しい相手との交わりに悦びを感じずにはいられなくて…。

二人は妖精王に会いにいくが、アンリの妖魔化は進行し——!?

CROSS NOVELSをお買い上げいただき
ありがとうございます。
この本を読んだご意見・ご感想をお寄せください。
〒110-8625
東京都台東区東上野2-8-7　笠倉出版社
CROSS NOVELS 編集部
「高峰あいす先生」係／「kivvi先生」係

CROSS NOVELS

純情オメガは恋から逃げたい

著者
高峰あいす

2021年4月23日　初版発行　検印廃止

発行者　笠倉伸夫
発行所　株式会社　笠倉出版社
〒110-8625　東京都台東区東上野2-8-7　笠倉ビル
[営業]TEL　0120-984-164
FAX　03-4355-1109
[編集]TEL　03-4355-1103
FAX　03-5846-3493
http://www.kasakura.co.jp/
振替口座　00130-9-75686
印刷　株式会社　光邦
装丁　磯部亜希
ISBN　978-4-7730-6084-3
Printed in Japan